MEURTRE
À MALABAR HILL

DU MÊME AUTEUR

UN CADAVRE DANS LA SALLE DE BILLARD *(The Body in the Billiard Room)*, Fayard, 1990.

L'INSPECTEUR GHOTE EN CALIFORNIE *(Go West, Inspector Ghote !)*, Fayard, 1991.

LE MEURTRE DU MAHARAJA *(The Murder of the Maharajah)*, Fayard, 1991.

L'INSPECTEUR GHOTE TIRE UN TRAIT *(Inspector Ghote Draws a Line)*, Fayard, 1992.

H.R.F. KEATING

MEURTRE À MALABAR HILL

roman

traduit de l'anglais par
ERIC DIACON

FAYARD

Cet ouvrage est la traduction intégrale, publiée pour la première fois en France, du livre de langue anglaise :

THE ICIEST SIN

édité par Hutchinson.

Le chantage est le péché le plus glacial.

Rebecca West

CHAPITRE 1

« Dites-moi, inspecteur, quelle est la femme la plus dangereuse de Bombay ? »

L'inspecteur Ghote sentit déferler en lui une vague glauque et glacée.

La femme la plus dangereuse de Bombay ? Il n'avait pas la moindre idée. Au cours de sa carrière dans la police, il avait rencontré des tas de femmes qu'on pouvait qualifier de dangereuses. Des maîtresses de truands notoires, des trafiquantes de drogue, des tenancières de bordels. Mais la plus dangereuse ? Il ne lui semblait pas que cette question pût avoir de réponse.

Pourtant, il fallait se rendre à l'évidence, on lui demandait une réponse. Et celui qui la demandait n'était autre que Mr Z. R. Mistry, secrétaire adjoint au ministère de l'Intérieur, qui tenait dans le creux de sa main le sort de tous les fonctionnaires de la police municipale.

Il regarda le maigre visage à gros nez qui le fixait inexorablement, le menton jeté en avant comme une proue, les yeux clignant sans cesse derrière d'épaisses lunettes.

Malgré l'urgente nécessité de trouver une réponse

plausible, l'esprit de Ghote faisait marche arrière, comme attiré par un aimant vers le moment où, le matin même, le commissaire divisionnaire de la Criminelle lui avait dit que Mr Mistry voulait le voir « pour une affaire privée ».

« Une affaire strictement privée, Ghote. Compris ? Je n'en sais rien et je ne veux rien savoir. »

Puis il y avait eu l'erreur qu'il avait commise en arrivant à la résidence de Mr Mistry à dix-neuf heures tapantes, comme convenu. Le domestique, triste individu flottant dans un uniforme blanc, un chiffon à poussière jeté sur l'épaule, et défiguré par un strabisme absolument horrible, avait ouvert la porte à son coup de sonnette. Comme hypnotisé par cet effroyable strabisme, il avait aussitôt dit à l'homme : « Inspecteur Ghote. J'ai rendez-vous avec Mr Z. R. Mistry. » Alors que, tout au long de la route qui l'avait conduit au luxueux immeuble Marzban, à Malabar Hill, loin de la ville en sueur, il n'avait cessé de se répéter que, l'affaire étant « strictement privée », il devait éviter, quoi qu'il advienne, de mentionner son titre d'inspecteur.

Et maintenant, pour ajouter à son embarras, il y avait cette question sans réponse : « Dites-moi, inspecteur, quelle est la femme la plus dangereuse de Bombay ?

— Monsieur, je ne crois pas que je sache. »

C'était un bien mauvais début. Mais que dire sinon la vérité toute nue ?

« Vous ne savez pas, inspecteur ? Eh bien, je ne suis pas autrement surpris. La dame en question — il s'agit de Miss Dolly Daruwala — mène ses affaires dans une clandestinité absolue. Et pourtant, j'ai le regret de le dire, elle habite ce même immeuble. Au vingtième étage — un attique qui dépasse de loin mes moyens. »

Mr Mistry regarda ses chaussures d'un air sombre.

Attendant que son hôte l'éclaire, Ghote songeait que, aussi dangereuse que fût cette Miss Dolly Daruwala, son nom ne lui disait strictement rien, sinon que, comme celui de Mr Z. R. Mistry, il était certainement parsi, c'est-à-dire que celle qui le portait devait appartenir à cette extraordinaire communauté qui, venue de Perse en Inde il y a longtemps, avait fini par occuper toutes sortes de positions clés à Bombay. Mais en quoi cette dame était-elle dangereuse ?

Cependant, Mr Mistry semblait avoir sombré dans une transe de méditation quasi permanente. Il tenait toujours le regard fixé sur les chaussures noires parfaitement cirées qu'il portait avec le costume parsi traditionnel — dans lequel Ghote avait été un peu étonné de le trouver : une chemise-dugla avec des nœuds en guise de boutons et un pantalon flottant, tous les deux blancs.

« Monsieur, finit par hasarder Ghote, s'il vous plaît, pourquoi au juste dites-vous que cette dame est dangereuse ?

— Chantage, inspecteur, lâcha Mr Mistry en sortant de sa rêverie avec un petit sursaut. Chantage. Il se pourrait bien que Bombay n'ait jamais connu de maître chanteur plus expérimenté que Miss Dolly Daruwala. »

Il décocha un regard sinistre à Ghote à travers ses lourdes lunettes.

« Chantage, reprit-il. Le crime peut-être le plus odieux qui soit à part le meurtre. Je l'ai vu décrit quelque part comme le péché le plus glacial, inspecteur, et cette définition me paraît excellente. »

Le péché le plus glacial. Oui, c'était une bonne définition, songea Ghote. S'emparer d'un délit, d'un écart de conduite, voire d'une indiscrétion, et menacer celui qui l'a commis de le révéler à moins qu'il paye et paye, voilà qui demandait un esprit froid comme glace pour être conçu et exécuté. Un esprit froid comme glace.

Mais Mr Mistry ne pouvait pas l'avoir convoqué simplement pour lui dire le nom de cette dame. S'il voulait que des mesures soient prises contre elle, il n'avait pas besoin de demander à ce qu'un agent de la Criminelle vienne le voir. Le préfet lui-même — c'était bien connu — avait une réunion hebdomadaire avec le secrétaire adjoint. Et puis il y avait aussi ces mots mystérieux, menaçants, dont on avait cru bon d'assortir ses instructions : *Une affaire strictement privée — Je n'en sais rien — Et je ne veux rien savoir.* Alors c'était pour lui dire quoi, qu'on l'avait fait venir ? Quoi ?

Attendant à nouveau, aussi patiemment que possible, que le puissant personnage qui l'avait convoqué à son domicile personnel hors des heures de bureau veuille bien éclairer sa lanterne, Ghote regarda discrètement autour de lui. Si Mr Mistry se plaignait que son appartement n'ait pas l'opulence de celui de Miss Dolly Daruwala, la pièce dans laquelle l'avait introduit le domestique bigleux n'en était pas moins dangereusement impressionnante. Des groupes de fauteuils en bois de rose à haut dossier voisinaient çà et là avec de lourdes petites tables sculptées. Des pièces d'orfèvrerie et de délicate porcelaine luisaient dans de vastes vitrines, également en bois de rose. Au-dessus, des portraits à l'huile de Parsis d'antan, vêtus de la même dugla blanche que Mr Mistry, mais coiffés du luisant pugree noir — l'ancien chapeau traditionnel parsi —, posaient sur le monde un regard plein de morgue. Dans un coin, la statue presque grandeur nature d'un homme à demi nu ployait sous le poids du globe terrestre chargé sur ses épaules, et dans lequel une horloge égrenait gravement les heures.

Enfin Ghote osa une petite toux interrogatrice.

Mais elle n'eut d'autre effet que de lancer le secrétaire adjoint dans l'évocation nébuleuse d'un flot de souvenirs qui achevèrent de noyer Ghote.

« Voyez-vous, inspecteur, j'ai moi-même connu le bonheur d'être élevé dans une maison qui respectait pleinement toutes les traditions de notre communauté. Les visites régulières au temple, les prières prescrites aux moments prescrits, la cérémonie de la navjote qui a marqué mon entrée dans la foi, où je me suis engagé à fuir les querelles, à me vouer au saint Soi, à porter non seulement la dugla que vous me voyez en ce moment, mais la kusti sacrée. Vous savez ce que c'est que la kusti, inspecteur ? »

Ghote savait. Et il s'empressa de le dire.

« Une pièce du costume de cérémonie ? Qui se porte autour de la taille ?

— En laine d'agneau, inspecteur, toujours en laine d'agneau. Composée de soixante-douze brins. Et filée à la main. Je revois ma grand-mère faisant tournoyer sa quenouille, laissant lentement aller le fil de l'écheveau de laine qu'elle avait à la main, balançant rythmiquement le poignet d'arrière en avant. On revêt la kusti lors de sa navjote, une cérémonie à laquelle, dans mon cas, n'assistaient pas moins de deux mille personnes, m'a-t-on dit. Deux mille personnes qui toutes étaient ensuite nos invitées, inspecteur.

— Oui, monsieur », dit simplement Ghote, pourtant conscient de ne pas exprimer l'enthousiasme que devait attendre Mr Mistry.

Mais quand allait-il en venir au fait ?

« Oui, nos traditions et nos cérémonies ont toujours eu pour moi la plus grande importance. Pour ce qu'elles symbolisent, inspecteur. Pour la vie à laquelle notre communauté s'est consacrée depuis que nous avons débarqué en Inde, et que notre mobed — notre grand prêtre —, en mettant une bague précieuse dans la cruche de lait qu'avait donnée le roi d'ici pour indiquer combien son royaume était surpeuplé, a démontré que nous enrichirions le pays sans occuper beaucoup d'espace. Pour cette prière, aussi, que nous faisons devant le feu sacré de nos temples : *Ô Dieu, nous te louons par l'offrande de bonnes pensées, de bonnes paroles et de bonnes actions.* »

Oui, oui, pensait Ghote. Les Parsis ont toujours été des gens bien. Mais quand va-t-on me dire pourquoi je suis ici ?

Il n'avait pas fini d'attendre.

« Oui, inspecteur, poursuivait implacablement Mr Mistry. Et je crois que, depuis le tout début, les bonnes actions sont ce que nous avons offert à l'Inde. Sinon pourquoi tant des plus belles avenues de Bombay porteraient-elles des noms parsis — Dr Dadabhai Naoroji Road, Dr Cawasjee Hormusjee Street, Sir Jamshedji Jeejibhai Road, Madam Cama Road, Jamshedji Tata Road ? Vous savez que le premier Indien que les Britanniques ont anobli était un Parsi. Et de même le premier membre indien de la Royal Society ? Et le premier Indien nommé à la cour suprême ? »

Oui, pensa encore Ghote, mais où est-ce que tout cela nous mène ?

Et c'est alors qu'il prit soudain conscience que le flot de souvenirs s'était enfin tari. Mr Mistry s'était remis à contempler ses luisants souliers noirs.

Puis, levant lentement la tête, il posa sur Ghote ses faibles yeux parsis, toujours clignotants.

« Mais je crains de m'être un peu égaré, admit-il. Ce que je voulais vous faire comprendre, c'est que quand une communauté a tant de raisons d'être fière, tant de belles et vieilles traditions, tout ce qui pourrait ternir son nom devrait autant que possible être évité. »

Derrière les lourdes lunettes, les yeux cessèrent momentanément de clignoter pour toiser Ghote.

« Vous comprenez bien, inspecteur, que je ne me ferais jamais complice de quoi que ce soit qui s'oppose grossièrement à la loi telle qu'elle est.

— Oui, oui. Bien sûr, monsieur.

— Et pourtant, il peut se trouver des circonstances... »

A nouveau il fixa sur Ghote un regard aigu.

« Inspecteur, dit-il, il se trouve que j'ai un parent, un lointain cousin... »

Il tomba une fois de plus dans le silence. Et une fois de plus il reprit son discours.

« Enfin, je me rends compte que je ne peux pas vous cacher son nom. Mais je dois insister pour que tout ce que je vous dis reste entre nous. Quoi qu'il arrive, rien ne doit sortir d'ici.

— Bien sûr, monsieur, s'empressa d'acquiescer Ghote. Quoi qu'il arrive, vous pouvez être cent pour cent certain que tout ce que vous me direz restera enfermé dans ma poitrine.

— Très bien. Alors ce parent — un lointain cousin, je le répète, mais un cousin quand même — s'appelle Burjor Pipewalla. Et il est conseiller fiscal. »

Ghote croyait commencer à comprendre. Mr Mistry avait d'abord pris soin de lui parler de « la femme la plus dangereuse de Bombay » — cette Miss Daruwala qui donnait dans le chantage et occupait l'attique du même immeuble — et maintenant, enfin, il reconnaissait avoir un cousin conseiller fiscal. La plupart du temps, un conseiller fiscal était quelqu'un qui se faisait beaucoup d'argent en apprenant aux gens qui en avaient encore davantage comment éviter de payer ce qu'ils devaient normalement aux impôts. Quelqu'un en somme qui faisait des cachotteries. Or les cachotteries et le chantage allaient main dans la main.

« Oui, monsieur ? fit-il d'une voix aussi neutre que possible.

— Eh bien, il y a quelques semaines, ce jeune homme est venu me dire que... que certains papiers avaient été volés dans son bureau par la Miss Dolly Daruwala dont je vous parlais. Elle a demandé à le consulter, elle est allée le voir plusieurs fois, et lors de sa dernière visite, elle a disparu avec ces papiers. Je ne sais pas au juste de quels documents il s'agit et j'ai soigneusement évité de le demander. Mais à ce que m'a dit Burjor, j'ai compris que s'ils tombaient entre les mains du fisc, les conséquences pourraient être très graves. »

Mr Mistry donna un petit coup de toux.

« Maintenant, pour en venir au problème, poursuivit-il d'une voix qui ralentissait à chaque mot, ce Burjor a été assez fou pour verser à plusieurs reprises des sommes d'argent à Miss Daruwala, ces derniers mois, dans l'espoir qu'elle allait les lui rendre. Vous ne serez sûrement pas surpris d'apprendre que cet espoir a été déçu. Et c'est ce qui a fini par décider Burjor à venir me trouver. Il sait que je travaille avec la police, et il m'a demandé s'il n'y avait rien que je puisse faire discrètement pour mettre fin aux activités de Miss Daruwala.

— Dans ce genre d'affaires, monsieur, la procédure est claire, dit Ghote. Toute personne acceptant de témoigner contre un maître chanteur est assurée de l'incognito. Le tribunal n'en parlera que comme de Shri X ou Shrimati Y, selon le cas.

— Oui, oui, inspecteur. Je n'ignore rien de tout cela. Mais croyez-vous que, dans les démarches que j'ai tentées, il m'ait été possible de trouver une seule personne qui accepte de jouer le rôle de Mr X ou de Mrs Y, comme vous dites ? Eh bien non.

— A part votre cousin, Mr Pipewalla ? »

Mr Mistry soupira.

« C'est précisément ce que j'essayais de vous faire comprendre, inspecteur. Il est hors de question qu'un membre de notre communauté apparaisse devant un tribunal pour une affaire de ce genre s'il y a la moindre possibilité de l'éviter. Hors de question même pour mon odieuse voisine de l'attique, aussi peu qu'elle tienne aux dogmes de notre communauté. Malgré toutes les précautions prises, quelque chose pourrait s'ébruiter qui ternirait de façon irrémédiable la réputation des Parsis.

— Oui, monsieur. »

Inutile d'expliquer à quelqu'un comme Mr Z. R. Mistry que c'était là un risque à courir.

« C'est donc ici que vous intervenez, inspecteur.

— Moi, monsieur ? »

Maintenant qu'il entrevoyait la raison pour laquelle on l'avait envoyé à pareille heure chez le secrétaire adjoint, Ghote avait soudain le sentiment qu'une paire de menottes s'étaient refermées sur ses poignets. Il n'avait pas la moindre idée du genre de services qu'on attendait de lui. Mais il n'était que trop évident que Mr Mistry avait déjà son plan. Et quel que soit ce plan, il ne pouvait que signifier des ennuis de la pire espèce.

« Oui, inspecteur. J'ai beaucoup réfléchi à la question, et j'en suis arrivé à ce qui me semble être la seule solution possible.

— Oui, monsieur ?

— Inspecteur, c'est ici même, dans son appartement, que Miss Daruwala a coutume de traiter ses sinistres affaires. Et c'est là que, dans quelques jours, mon cousin doit venir lui apporter une nouvelle somme d'argent, importante, et essayer une fois encore d'obtenir d'elle qu'elle lui rende définitivement les papiers qui pourraient lui faire tant de tort. J'ai décidé que cette rencontre devait avoir un témoin, un témoin secret, et que celui-ci devait être un représentant de la police au-dessus de tout soupçon.

— Mais, monsieur, s'il n'est pas possible que le plaignant aille en justice...

— En effet, inspecteur. Comme je vous l'ai dit, c'est hors de question. Mais en dépit de ses activités néfastes, la dame ne connaît guère la loi et ses subtilités. Elle est d'origine relativement humble. Qui sait même si elle a son certificat d'études ? Je suis donc absolument sûr que si elle apprenait que ses transactions ont eu pour témoin un représentant de la police, et qui refuserait de se laisser acheter, elle accepterait de quitter l'Inde pour toujours si la chose lui était suggérée. »

Ce que Mr Mistry lui avait dit était certainement vrai, songea-t-il. Si un policier surprenait une conversation comme celle qu'elle était susceptible d'avoir avec le conseiller fiscal, une femme peu versée dans le droit pourrait bien préférer quitter carrément le pays plutôt que de risquer la prison, si on l'en menaçait. Mais...

Mais ce serait du chantage. Ni plus ni moins.

Lorsqu'il arriva à cette conclusion, son esprit parut se vider de tout le reste. Par quel tour de passe-passe se trouvait-il dans cette situation ? Comment se pouvait-il que Mr Mistry lui demande tout à coup d'être complice de ce péché glacial qu'il condamnait du fond du cœur il y a quelques instants à peine ? Était-ce compatible avec la justice ? Ma foi, d'une certaine façon, on pouvait dire que oui. Après tout, c'était le moyen de mettre hors d'état de nuire un maître chanteur qui avait sans doute bien d'autres victimes en son pouvoir.

Dans ce cas, devait-il accepter ?

Il vit tout de suite que la question d'accepter ou non ne se posait pas. Pratiquement pas. Il recevait des ordres du secrétaire adjoint au ministère de l'Intérieur. Et même si ces ordres concernaient « une affaire privée », il était clair qu'on attendait de lui qu'il obéisse. Et s'il refusait ? Si maintenant, ici, il déclarait qu'il n'était pas question pour lui de prendre part à une tentative de chantage ? Eh bien, il se trouverait vite fait muté hors de Bombay. Peut-être dans la police de l'armée, ou dans un trou cent pour cent perdu. Où il moisirait jusqu'à la retraite.

Il réprima la plainte qu'il sentait monter en lui.

« Monsieur, dit-il, qu'est-ce qu'il faudra que je fasse, exactement ? »

CHAPITRE 2

Le plan dont Mr Z. R. Mistry s'ouvrit à Ghote redoubla ses craintes et ses doutes.

Il attendait de lui qu'il fasse faire des clés de l'appartement de Dolly Daruwala d'après les empreintes sur savon que, dit-il, Burjor Pipewalla avait réussi à prendre lors de sa dernière visite. Ensuite, il voulait que Ghote entre subrepticement dans l'appartement avant l'heure où son cousin était attendu pour son prochain paiement, qu'il se dissimule quelque part, et, le moment venu, qu'il sorte de sa cachette pour affronter Dolly Daruwala.

« Mais, monsieur... protesta Ghote. Monsieur, entrer dans cet appartement de la façon que vous dites serait une effraction. Ce serait contraire au code pénal indien.

— Oui, inspecteur, reconnut courtoisement Mr Mistry. Vous avez tout à fait raison. C'est bien une effraction, et donc techniquement un délit criminel, que je vous demande de commettre.

— Mais monsieur, je suis un officier de police. Je ne peux pas faire ça. »

Derrière ses lunettes, le clignotement de Mr Mistry s'accéléra.

« Inspecteur, dit-il, on m'a parlé de vous comme d'un homme sur qui l'on pouvait compter dans une situation comme celle à laquelle nous voilà confrontés.

— Oui, monsieur — oh, ça me fait plaisir. Mais... mais, monsieur, est-ce qu'on avait compris qu'on allait me demander de commettre un délit ? »

Mr Mistry le regarda d'un œil morne. Dans le silence de la grande pièce sombre, le lent tic-tac émanant du globe sous lequel ployait la statue évoquait une bombe à retardement sur le point d'exploser.

« Non, inspecteur, lâcha enfin la voix glacée de Mr Mistry. S'agissant d'une affaire aussi confidentielle, il était évidemment exclu de donner des détails précis. Mais d'après mes sources, j'ai cru comprendre — comment dire ? — que vous n'étiez pas homme à faire des histoires, que vous n'étiez pas en position de faire des histoires.

— Oui, monsieur », dit Ghote.

Il voyait maintenant ses pires craintes confirmées. Si c'est lui qu'on avait envoyé, pour cette « affaire privée », au puissant personnage qu'était le secrétaire adjoint, ce n'était pas à cause de ses talents particuliers, de ses qualités personnelles. Non, on l'avait choisi parce qu'on jugeait sa position trop faible pour lui permettre de s'opposer en quoi que ce soit à ce qu'on allait lui demander de faire.

Et ce jugement était juste. Comment donc pourrait-il résister à la pression qu'on exerçait sur lui ? Regimber était l'assurance d'être relégué au fin fond de nulle part, où il n'y aurait pas d'école pour son fils, maintenant qu'il savait lire, écrire et calculer, où sa femme s'étiolerait, loin de la vie de la grande ville et des habitudes qu'elle y avait prises. Un trou où il serait lui-même réduit au salaire minimum, et qui sait ? contraint d'accepter les pots-de-vin qu'on lui offrirait. Non, ça, jamais. Et pis que tout, peut-être : il ne serait plus membre de la Criminelle ; il ne s'occuperait plus de démasquer le mal, alors que cette tâche lui était de tout temps apparue comme le dharma de sa vie. Il ne serait plus qu'un administrateur minable. Au mieux chargé de régler d'occasionnelles bagarres, au pire perdant sa peine à essayer de maintenir l'ordre dans un thana de police oublié de tous.

« Je peux donc compter que vous ne ferez pas d'histoires, inspecteur ?

— Non, monsieur. Non, je n'en ferai pas. »

Voilà, songeait-il, en ce moment je cède moi-même à une forme de chantage. Oh, ce n'est pas du chantage à cent pour cent, mais ce n'en est pas très loin. On obtient de moi que je fasse ce que, au cœur de mon cœur, je sais que je ne devrais pas faire, et on l'obtient par la menace.

Et le fait que ce soit pour une bonne cause ne rend pas le procédé plus acceptable.

Il arriva à la maison une demi-heure plus tard, le cœur comme du plomb. Mais lorsqu'il toqua à la porte pour qu'on la lui ouvre, il entendit un cri joyeux à l'intérieur. C'était Ved. « Dada est là. Dada est là. » Aussi grand qu'il soit, c'est encore un petit garçon, songea-t-il. Qui se réjouit de voir son père. Qui prend plaisir à des choses simples.

Le verrou fut tiré et la porte s'ouvrit.

« Dada, dada. Où est-ce que tu étais ? J'ai quelque chose à te demander. Important-important. »

Ghote sentit son humeur sombre se dissiper.

Il sourit.

« Qu'est-ce qu'il y a de tellement important ? Un problème avec tes devoirs ?

— Non, non, dada. Les devoirs, ce n'est rien du tout. Tu sais bien que je suis le premier presque dans toutes les matières. Non, c'est beaucoup-beaucoup plus vital.

— Vital ? Bon, alors je t'écoute. Qu'est-ce qui est vital ?

— Assieds-toi, assieds-toi, dadaji. Il faut que tu ouvres tout grand tes oreilles. »

Ghote se laissa tomber dans son fauteuil et se débarrassa de ses chaussures, sentant déjà que la vie n'était pas vraiment aussi terrible qu'il lui avait semblé quand il rentrait sur son scooter.

« Alors, je t'écoute ?

— Papa, la chose que je voudrais le plus au monde, c'est un ordinateur.

— Un ordinateur ? »

Ghote se sentit secoué par une vague de stupeur. Était-ce ce garçon qui, il y avait semble-t-il quelques mois à peine, était tout juste capable de maîtriser la table de multiplication ? Et qui disait maintenant vouloir un ordinateur ? Comment pensait-il pouvoir manipuler un tel engin ? Lui-même en était parfaitement incapable. Et comment pouvait-il songer à obtenir un appareil qui sans doute était hors de prix ?

La réponse à cette dernière question ne fut pas longue à venir.

« Écoute, dada, il y a des ordinateurs de contrebande qui se vendent sur le trottoir, à Flora Fountain. Mais Aii répète tout le temps que la contrebande est mal ; elle m'a interdit d'aller là-bas, bien que j'aie économisé et économisé. J'ai presque assez d'argent. »

Ghote se redressa dans son fauteuil.

« Si ta mère t'a interdit, il me semble que l'affaire est réglée », dit-il.

Il était soulagé. Il se voyait mal avec un fils possédant un de ces mystérieux instruments des temps modernes. Et grâce au préjugé de Protima à l'égard des biens de contrebande — un préjugé d'ailleurs fondé et qu'on ne pouvait que louer —, cette percée du vingt-et-unième siècle dans sa propre demeure lui serait épargnée.

Ved avait l'air furieux. Il était à deux doigts de pleurer. Mais il s'en remettrait.

« Mais, dadaji, il faut que tu expliques à Aii que tout ça c'est des bêtises. Ou, mieux-mieux, il faut que tu lui dises que j'aurai un ordinateur qui ne sera pas du tout de contrebande.

— C'est hors de question. Je ne sais pas combien ils vendent ces trucs-là à Flora Fountain, mais ce sera forcément beaucoup plus cher dans une pukka boutique.

— Oui, oui. Je sais. Mais il suffirait que tu lui dises que l'ordinateur de contrebande a été importé normalement.

— Ah oui ? » Ghote ne put s'empêcher de sourire. « Et pourquoi voudrais-tu que je fasse une chose pareille ? Car il s'agirait de mentir à ma femme, non ? »

Ved, qui pour mieux le convaincre, s'était mis à genoux devant lui, prit soudain un air de détermination intransigeante.

« Parce que, dit-il d'une voix basse et pressante, si tu ne veux pas m'aider, eh bien je lui dirai que notre télé, qu'elle croit toujours que tu as achetée dans les règles à Vision Radio et Computer Service, alors que c'était seulement à Vision Radio Service, eh bien, c'était aussi un appareil de contrebande. »

Un cuisant sentiment de consternation étreignit

Ghote. Lorsqu'il avait enfin accepté de faire l'acquisition d'un poste de télévision, et qu'un de ses collègues lui avait dit qu'il pourrait s'en procurer un à moitié prix au marché noir, c'est vrai qu'il avait succombé à la tentation. Mais le pire, c'est qu'il avait eu ensuite l'idée saugrenue de s'en vanter devant le petit Ved.

Cependant, la colère le gagnait.

« Mon fils, dit-il, concentrant sur Ved toute la férocité dont il était capable, que je ne t'entende plus jamais essayer d'obtenir quelque chose de cette façon-là. Tu sais comment on appelle ça ? On appelle ça du chantage. Du chantage. C'est le péché le plus glacial. Le péché le plus glacial. Et il n'y a qu'un moyen d'y répondre. L'exemple en a été donné par un Anglais bougrement bien, le duc de Wellington. Quand une dame est venue le menacer de raconter dans un livre ses polissonneries, il lui a dit : “ *Publiez, madame, et allez au diable.* ” Et c'est ce que devraient dire tous ceux qu'on veut faire céder au chantage. »

Sa férocité eut l'effet désiré. A ses genoux, le visage du petit Ved pâlit.

« Oui, dadaji », fit-il. Et, se levant gauchement, il sortit en courant de la pièce.

Désormais seul, Ghote resta dans son fauteuil à ressasser sa honte de n'avoir pas su dire à Monsieur le Secrétaire Adjoint Mistry : « Publiez et allez au diable. »

Planté en uniforme au pied de l'imposante tour blanche de l'immeuble Marzban, Ghote attendait que quelque chose vienne distraire le chowkidar qui surveillait l'entrée, de manière à pouvoir se glisser à l'intérieur sans se faire remarquer. Il sentait brûler dans sa poche le trousseau de fausses clés qui devait lui donner accès à l'appartement de Dolly Daruwala.

Enfin, l'un des résidents sortit de l'ascenseur avec sa femme, et le chowkidar se précipita vers la voiture qu'avait avancée le chauffeur pour leur ouvrir la porte. Ghote sortit du recoin obscur où il s'était tapi et se faufila dans l'immeuble. Soucieux de passer à tout prix inaperçu, il prit l'escalier plutôt que l'ascenseur.

La montée fut longue, longue.

Et tandis qu'il approchait du vingtième étage, il se demandait avec une appréhension croissante si les clés allaient fonctionner. Il avait eu des doutes dès le moment où, dans la pénombre de la bibliothèque du Parsi Ripon Club, Burjor Pipewalla lui avait remis le morceau de savon dans lequel il disait avoir imprimé les deux clés de l'appartement.

« J'ai eu une sacrée veine, avait-il murmuré à Ghote dans un souffle parfumé à la noix de bétel. La bougresse pose toujours ses clés aussitôt arrivée. A côté d'un vase de fleurs, sur une table qu'elle a à l'entrée. Je l'avais observée plusieurs fois, alors je n'ai pas eu de mal à prendre les empreintes dans ce savon. »

Ghote s'était pris d'une antipathie immédiate pour le bonhomme. C'était un poussah d'environ trente ans, dont le visage pâle s'ornait d'une fine petite moustache sous laquelle rougeoyait par intermittence la braise d'une cigarette. Les mains jointes sur un gros ventre mou, il n'avait même pas fait le geste de se lever du fauteuil canné noir où Ghote l'avait trouvé affalé en entrant.

« Oui, avait-il dit aussitôt que Ghote s'était discrètement présenté, je ne voulais surtout pas vous voir dans mon bureau. Ici, c'est beaucoup mieux : il n'y a jamais personne à cette heure. Alors, vous savez ce que vous avez à faire, non ?

— J'ai reçu des instructions de Mr Z. R. Mistry.

— Pas de noms, pas de noms, malheureux. Et pour l'amour du ciel, asseyez-vous. Je n'ai pas envie que tout le club entende ce que je dis. »

Il avait dû faire un effort pour ne pas relever qu'avec ses rangées de vieux livres méticuleusement numérotés dans leurs vitrines, ses portraits d'anciennes gloires parsies et son lourd mobilier, la bibliothèque, ainsi que Burjor Pipewalla lui-même l'avait remarqué, était absolument déserte.

Après quelques brefs mots d'explication, le conseiller fiscal lui avait remis l'épaisse enveloppe contenant le morceau de savon — du Liril, Ghote l'avait tout de suite identifié à la vague odeur de limette. Les deux empreintes qu'on y voyait avaient manifestement été faites en hâte.

« Puis-je compter que vous serez posté dans cet appartement demain ? avait demandé Burjor Pipewalla. Miss Daru... la personne dont nous parlons joue au bridge tous les mercredis. Elle rentre chez elle aux environs de vingt-trois heures, et j'ai insisté pour la voir à ce moment-là. Je compte que vous vous débrouillerez pour ne pas perdre un mot de ce qu'elle dira. »

Il avait alors levé la tête et posé sur lui un regard dur.

« Et que vous oublierez après coup tout ce que vous aurez entendu. Compris ?

— Mr Mistry m'a donné toutes les instructions nécessaires. »

La bouche lippue de Burjor Pipewalla s'était pincée dans une grimace d'irritation. Mais il n'avait rien ajouté.

Ghote atteignit péniblement le vingtième étage de l'immeuble Marzban. Sur le palier mal éclairé, il s'arrêta pour écouter. Non, personne ne le suivait. Il s'approcha de la porte et sortit les fausses clés de sa poche.

Que ferait-il si elles n'ouvraient pas ? A Bapu Khote Cross Lane, dans le quartier de Pydhonie, le serrurier musulman auquel il s'était adressé — un vieil habitué de la Criminelle dont il avait trouvé le dossier dans les archives — avait regardé les empreintes de Burjor Pipewalla avec un mépris que traduisait le moindre pli de son visage ridé. Enfin, c'était peut-être seulement parce qu'il était furieux, parce qu'il avait peur, parce qu'il se demandait si ce policier qui s'adressait à lui pour faire faire des fausses clés n'essayait pas de lui tendre un piège.

C'était à ce moment-là que, avec une soudaine lassitude, Ghote avait compris qu'il faudrait utiliser ce qu'il avait réuni contre l'homme aux archives et en discutant avec ses collègues.

« Écoute, bhai, avait-il dit. Nous savons sur toi beaucoup, beaucoup de choses. Tu as envie qu'on t'accuse d'avoir fabriqué des clés pour le grand casse de Byculla, l'année dernière ? Tu ne crois pas qu'on réussirait à te coincer, si on voulait ? Il n'y aurait peut-être pas à aller chercher plus loin qu'en mars, quand ce bel appartement de Cumballa Hill a été cambriolé. »

Cette fois, le vieux musulman l'avait regardé avec une fureur non dissimulée. Mais c'était la fureur de l'impuissance. Une fureur que lui-même connaissait parfaitement. Il l'avait ressentie quelques jours plus tôt dans ce même immeuble, quand Mr Mistry avait exercé sur lui son espèce de chantage.

Est-ce que, pour se venger, le musulman avait mal

fait ses clés ? Non, il n'aurait pas osé. Mais allez savoir ce qui se passe dans la tête des gens...

Il s'approcha davantage de la porte de Dolly Daruwala et colla une oreille contre un de ses luisants panneaux de teck.

Il y avait du bruit à l'intérieur.

Des voix parlaient, haut et clair, avec passablement d'animation, semblait-il. Qui est-ce que ça pouvait être ? Il écouta encore. Il n'y avait que des voix d'hommes. Pas de Dolly Daruwala. Il se pouvait donc que, comme l'avait affirmé Burjor Pipewalla, elle fût effectivement à son bridge du mercredi soir. Avait-elle invité des gens à l'attendre ? Mais tout à coup, les voix se turent, et, sans transition, d'autres leur succédèrent, qu'il reconnut immédiatement — des voix qui chantaient, qui psalmodiaient doucement : « Vico... curcuma... crème... ayurvédique... » La télévision. Cette idiote avait oublié d'éteindre la télévision. A moins qu'elle ne l'ait laissée délibérément. D'après Mr Mistry, elle n'avait pas de domestique chez elle. Avec tous ses secrets, les oreilles étrangères représentaient des risques. Il était donc très vraisemblable que, quand elle sortait pour la soirée, elle mettait la télévision pour effrayer d'éventuels cambrioleurs.

Et autres intrus, comme lui.

Cynique, il prit la première clé du musulman et l'essaya dans la serrure. Après s'être un peu fait prier, elle finit par tourner. La seconde clé ne lui donna aucune difficulté.

Il ouvrit doucement la porte.

A l'intérieur, Dolly Daruwala avait laissé presque toutes les lumières allumées, et en effet, la télévision continuait à dévider de la publicité dans l'une des pièces qui ouvraient sur le hall, où, comme l'avait dit Burjor

Pipewalla, un grand vase d'un blanc crémeux trônait sur une table, éclatant de fleurs.

Il regarda sa montre. A peine plus de dix heures. Il lui restait tout le temps de trouver le meilleur endroit pour se cacher. Il entreprit d'explorer soigneusement l'appartement. Partout, c'était l'abondance et le luxe que laissait présager l'éblouissant bouquet de l'entrée. Dans le salon, un immense tapis — un Amritsar fleuri — couvrait presque entièrement le sol. Des fauteuils bas et un sofa de style occidental, recouverts de soie rose et agrémentés de coussins vert foncé, donnaient une impression très différente de celle que lui avait laissée le dernier intérieur parsi qu'il avait visité — celui de Mr Z. R. Mistry, vingt étages plus bas. Un énorme briquet en argent, dans lequel il vit une attaque contre la loi parsie interdisant l'emploi du feu sacré pour fumer, côtoyait sur une table à dessus de marbre un exemplaire du célèbre magazine à scandales *Gup Shup*. Aux murs étaient accrochés quelques rouleaux chinois encadrés d'or, ainsi qu'un portrait de Lady Di. Les Parsis étaient fous de la famille royale britannique.

Il jeta un coup d'œil à la salle de bain, où le moindre détail était en accord avec l'opulence qui régnait ailleurs. Les robinets du lavabo et de la baignoire étaient en or. Des douzaines de flacons de parfum, de lotion, portant pour la plupart des noms occidentaux et certainement vendus au marché noir, encombraient différentes étagères. Et s'il fallait en croire Mr Mistry, tout cela, songeait-il, était le produit des opérations de chantage de la dame. La cuisine seule donnait dans le dépouillé. Sans doute Dolly Daruwala ne cuisinait-elle pas elle-même et craignait-elle d'engager quelqu'un pour le faire à sa place.

Il passa enfin dans la chambre à coucher, où, selon

Mr Mistry, Burjor Pipewalla avait vu le coffre-fort de Miss Daruwala. C'est là, estimait-il, que devaient se trouver non seulement les papiers qui pouvaient envoyer en prison le conseiller fiscal, mais des documents que bien d'autres gens riches sentaient probablement comme une épée retenue par un fil au-dessus de leur tête, et dans la mesure seulement où ils continuaient de verser les sommes qu'exigeait d'eux la femme la plus dangereuse de Bombay.

Il localisa tout de suite le coffre. Il n'y avait dans la pièce qu'un unique tableau, une copie de cette femme au sourire mystérieux — oui, *La Joconde* —, et comme il eut tôt fait de le vérifier, ce tableau pivotait sur des gonds. Et derrière, fixé dans le mur, se trouvait bel et bien un coffre, un Godrej, petit mais de première qualité.

Mr Mistry avait raconté que Dolly Daruwala y était allée la première fois que son cousin était venu lui payer l' « amende » que, disait-elle, elle sentait « de son devoir » de lui imposer au lieu de celle que lui infligerait le tribunal, ou de la peine de prison à laquelle il le condamnerait, si les papiers qu'elle avait « incidemment » trouvés chez lui tombaient dans de mauvaises mains. Puis, lui laissant voir que son sac à main contenait un solide petit pistolet, elle avait rangé dans le coffre les épaisses liasses qu'il lui avait remises, et en échange desquelles elle lui avait donné les documents. Mais pour lui faire savoir un mois plus tard que, toujours par devoir, elle en avait conservé des copies.

Dans son esprit, Ghote voyait la scène. Il en éprouvait de la pitié même pour l'odieux Burjor Pipewala, qui, en fin de compte, n'avait rien fait de pire que d'aider ses clients à rouler les wallas des impôts.

Mais des considérations plus urgentes s'imposaient.

Où, parmi tout ce luxe, devait-il se cacher pour être sûr d'entendre chaque mot quand arriverait Burjor Pipewalla ? Et où pouvait-il être sûr de ne pas être découvert quand rentrerait Dolly Daruwala, probablement quelques minutes avant le rendez-vous de onze heures ?

Il repassa l'ensemble de l'appartement dans sa tête. La salle de bain ? Non — Dolly Daruwala risquait de s'y rendre aussitôt de retour chez elle. La cuisine ? Il y avait peu de chances qu'elle y mette les pieds, mais caché là, il ne pourrait pas voir ce qui se passerait dans le salon.

Il faudrait donc que ce soit la chambre à coucher. Il essaya d'entrer dans le grand placard qui occupait toute une paroi. Les innombrables saris aux teintes pastel qu'affectionnaient les dames parsies lui procureraient amplement de quoi se cacher même si Dolly Daruwala mettait quelque chose à l'intérieur. Mais là encore, parmi ces soieries chatoyantes, bien que la boiserie, curieusement mince vu la richesse de la maison, permît une assez bonne écoute, il ne pourrait rien voir de ce qui se passerait dans le reste de l'appartement.

Il regarda alors le lit au dessus glacé vert. Il était situé de telle manière que, si la porte de la chambre était entrouverte, quelqu'un couché dessus, ou dessous, pouvait voir l'essentiel du salon. Et il semblait y avoir suffisamment de place pour se tenir dessous.

Il regarda une fois de plus sa montre. Il restait plus qu'assez de temps jusqu'à onze heures. Mais il n'était pas impossible que Dolly Daruwala rentre tôt. Mieux valait ne pas prendre de risques. Il se mit à quatre pattes et se glissa précautionneusement sous les fronces du couvre-lit de soie verte.

Lorsque ses yeux se furent accoutumés à l'obscurité de sa cachette, il s'aperçut qu'il avait, juste sous le nez, deux gros moutons de poussière. Il s'inquiéta tout de suite pour la propreté de son uniforme. En quittant la maison pour venir à l'immeuble Marzban, habité par un vague sentiment de honte à l'idée de ce qui l'amenait à revêtir l'uniforme, il s'était débrouillé pour quitter les lieux avec celui-ci en paquet sous son bras pendant que Protima était à la cuisine. Il s'était changé ensuite au commissariat, avec l'intention de faire de même une fois qu'il en aurait fini avec sa déplaisante mission. Maintenant, si la poussière qu'il aurait récoltée sous ce lit résistait à la brosse, il aurait à fournir des explications.

Mais en soulevant de quelques centimètres le volant du couvre-lit juste devant lui, il avait du moins une bonne vue sur le salon où, selon toute probabilité, Dolly Daruwala allait mener son entretien. Et si elle entrait pour aller au coffre, il lui suffirait de tourner la tête et de soulever le volant sur le côté pour voir ce qu'elle faisait.

Il resta là à écouter les nouvelles inepties publicitaires sortant de dessous la housse joliment brodée qui cachait la télévision. « Milkmaid, riche et crémeux... » Puis « Liril, à la fraîche senteur de limette... » Au bout du compte, il ne restait pas grand-chose de la fraîche senteur de limette dans le pain de savon que, par chantage — par chantage, oui, c'était bien le mot —, il avait convaincu le vieux serrurier musulman d'utiliser pour fabriquer les clés.

Dans le salon, la télévision avait passé aux nouvelles en anglais, diffusant le dernier discours du Premier ministre, où celui-ci tissait dans un style redondant les éloges du Dr Edul Commissariat, récemment débarqué d'Amérique avec une invention qui allait mettre un terme à tous les maux de l'Inde. Sans doute, songeait-il, se permettant un jet de venin en compensation du pétrin dans lequel il était, voit-on en ce moment le Dr Commissariat sortir de l'avion à Bombay — séquence déjà présentée une bonne demi-douzaine de fois depuis son arrivée.

Puis il se reprit à penser au chantage. Quel toupet, de la part de Ved, de le menacer de raconter à Protima sa petite magouille concernant l'achat de la TV ! Il aurait peut-être dû lui donner la fessée. Et puis non, le garçon avait trop bon cœur, et il travaillait si bien à l'école. D'ailleurs — le souvenir lui en revint brusquement — est-ce que lui-même n'avait pas tâté du chantage quand il était gosse ? Rien que d'y penser, il se sentit brûlant de honte. Il devait avoir neuf ans — il était en quatrième. Et un jour, il avait surpris Adik Desmukh, le grand Adik, en train de voler le crayon d'une fille. Il avait éprouvé un immense plaisir à le menacer de rapporter au maître. Beaucoup plus qu'à recevoir l'anna que lui avait tendu Adik comme prix de son silence. Et dont il s'était satisfait. Oh, il n'avait pas été tenté de demander un sou de plus ! Il n'avait pas tardé à être accablé de remords, non pas tellement à cause de l'argent qu'il avait extorqué — de dégoût, il avait fini par jeter la pièce — mais à cause du secret plaisir qu'il avait ressenti à tenir en son pouvoir un grand comme Adik Desmukh.

Le péché de Ved n'était pas aussi... aussi glacial que le sien. Et de loin. Alors mieux valait l'oublier. Et d'autant que le garçon n'était pas revenu à la charge.

A la télévision, celle qui présentait les informations avait changé de sujet. Elle évoquait maintenant dans le détail une grande grève à Bombay. Et elle citait à ce propos un éminent leader du parti travailliste.

Pour ça, il connaissait le gaillard. Un vendeur de salades de première. Entièrement motivé par l'argent.

Les patrons lui graissaient la patte pour que leurs usines redémarrent. Sinon, comment se serait-il payé sa grande maison de Juhu ? La voiture de marque étrangère qui l'amenait, sans honte, aux meetings de protestation ? Celui-là, qu'est-ce qu'il pratiquait d'autre que du chantage ? En tout cas un genre d'extorsion. Et si ce n'était pas cent pour cent aussi mal, c'était...

Ses pensées dérapèrent brusquement. Par-dessus le blabla de la télévision, il venait d'entendre, distinct comme le claquement sec d'un gecko, le bruit d'une clé tournant dans la serrure.

Déjà.

CHAPITRE 3

Couché sous le lit de Dolly Daruwala, un gros chaton gris oscillant sous son nez à chaque respiration, Ghote ne doutait pas que les clés qu'il avait entendues à la porte de l'appartement signifiaient que la propriétaire rentrait de sa soirée de bridge beaucoup plus tôt que prévu. Cela ne présageait rien de bon. Si elle avait le temps d'aller et venir dans son intérieur avant que Burjor Pipewalla n'arrive pour négocier la restitution de ses papiers, il n'était pas exclu que quelque chose ne trahisse sa présence. Et, Mr Mistry l'avait dit, Dolly Daruwala avait un pistolet dans son sac à main.

Mais, à son complet ahurissement, tout de suite après le bruit du trousseau de clés posé sur la table du hall, il entendit sa voix.

« Entrez, entrez. Nous allons parler de tout ça en amis. »

Il comprit aussitôt qu'elle ramenait dans sa toile une nouvelle victime. Mais celle-ci, qui qu'elle fût, ne répondit rien. Puis, soulevant peu après le volant vert du couvre-lit, il vit la dame elle-même entrer dans le salon d'une manière indiquant que quelqu'un suivait.

Dolly Daruwala n'était pas jolie. Il comprenait bien

que, venant comme le disait Mr Mistry d'une famille pauvre de la communauté parsie, et privée de l'avantage d'une dot substantielle, elle n'ait pas réussi à décrocher de mari. Elle était grosse, pour ne pas dire énorme. Mais il y avait dans sa lourdeur une solidité bien assise qu'elle devait de tout temps avoir eue. Son visage, notamment, avait une bouffissure malsaine d'où le bec effilé du nez jaillissait de façon incongrue. Et malgré son absence de féminité et de grâce, elle était parée comme une vedette de cinéma au sommet de la gloire. Son sari, qu'elle portait drapé sur l'épaule droite, à la manière parsie, était d'une riche soie rose pastel. Enchâssés dans la graisse de son cou, des diamants étincelaient. Ses petits doigts boudinés étaient chargés de bagues. Et malgré la distance qui les séparait, le bruit de son souffle court parvenait jusqu'à lui.

Dans un geste rapide, elle fit glisser de son bras son sac en peau de cobra et y plongea la main.

Le pistolet. Était-il possible qu'elle l'ait repéré ? Oserait-elle s'en servir ?

Mais ce qu'elle sortit de son sac était un petit inhalateur de plastique bleu, qu'elle actionna deux fois devant sa bouche ouverte.

Une asthmatique, songea-t-il. Et elle devait de tout temps l'avoir été.

Maintenant, elle se tournait vers son hôte et victime.

« Entrez, disait-elle. Entrez. Je vous en prie, asseyez-vous. »

Et qui, à la stupéfaction de Ghote, entra alors dans son champ de vision, lourdement appuyé sur une canne ouvragée, une serviette sous le bras ? Nul autre que l'homme dont il venait d'entendre le Premier ministre vanter les mérites à la télévision : le Dr Edul

Commissariat, savant parsi revenu en Inde pour y installer un laboratoire de supraconduction !

Se pouvait-il qu'il fût lui aussi victime de la femme la plus dangereuse de Bombay ? Certainement pas. Non, c'était impossible. Il avait mal interprété l'ensemble de la situation. Le Dr Commissariat devait simplement être une vieille connaissance de Dolly Daruwala. Après tout, ils étaient tous les deux parsis, et le *Sunday Observer* de la semaine précédente disait bien que le Dr Commissariat était d'une origine relativement modeste. C'était peut-être des amis d'enfance, et maintenant que le savant était devenu une célébrité, Dolly Daruwala essayait de renouer avec lui.

Mais les premières paroles qu'il prononça éliminèrent cette possibilité.

« Non, madame, je ne m'assiérai pas. »

Et cela dit d'une voix glacée. Avec une hostilité évidente.

Alors quoi ? Une victime quand même ? Mais comment ? Comment se pouvait-il qu'un homme si distingué, et si bon — n'était-il pas revenu pour aider son pays alors que, disait-on, son invention aurait pu le rendre plus de cinq fois millionnaire aux États-Unis ? — se soit fait prendre dans la toile de cette araignée ? De quel crime pouvait-elle profiter pour avoir barre sur lui ? Il y avait des années et des années qu'il était parti de Bombay, qu'il avait quitté l'Inde. Qu'avait-elle pu trouver qui lui permette du moins de le contraindre à venir dans son antre ?

« Comme vous voudrez, répondit à son refus Dolly Daruwala. Pour moi, cela ne fait aucune différence que nous discutions amicalement ou que nous échangions des injures.

— Il n'y a rien à discuter, riposta le Dr Commissariat. Je suis venu dans le seul but de vous demander de rendre les papiers que vous avez volés, Dieu sait quand, aux parents de mon défunt cousin.

— Et pourquoi vous les rendrais-je ? Puis-je vous rappeler que ces “ papiers ”, comme vous dites, sont une thèse que vous aviez à moitié terminée quand est mort votre brillant cousin Feroze ? Et vous, à cette lointaine époque, vous vous êtes dépêché d'aller, comme un vautour, faire une visite de deuil dès que la tradition le permettait, après le jour de dusmoo. Et sous prétexte de trier ses papiers pour ses parents, qui ne connaissaient pas mieux la physique que la face cachée de la lune, vous avez échangé sa thèse contre celle à laquelle vous étiez en train de travailler. Et c'est avec la thèse de Feroze que vous êtes parti en Amérique, à Harvard ou je ne sais quoi, et que vous avez obtenu gloire et fortune. »

Coincé sous le lit de Dolly Daruwala, Ghote ne perdait pas un mot. Mais contrairement à son attente, le Dr Edul Commissariat ne nia pas l'accusation.

« Oui, dit-il. Oh oui, il n'y a pas besoin de me le rappeler. Avant même de commettre cette honteuse action, j'étais mortifié. Mon cousin et moi avions joué nos sujets de thèse à pile ou face, et j'avais compris que celui que le sort m'avait imparti, et qui semblait d'abord si prometteur, ne me conduirait nulle part — j'étais dans une impasse. Mais je ne cherche pas d'excuses. Je n'ai pas oublié ce que j'ai fait, et je ne l'oublierai jamais.

— Que vous en cherchiez ou non, vous n'avez pas d'excuse, trancha Dolly Daruwala, reprise par son asthme. L'acte que vous avez commis est impardonnable. Il mériterait d'être connu. Vous dénoncer ne serait que justice. Vous vous souvenez sûrement de ce que dit le Vendidad, et peut-être croyez-vous toujours à nos saintes écritures ? Vermine, fléaux et serpents doivent être éliminés — c'est bien ça ? Voyez-vous, il y a longtemps que je ne suis plus allée au temple. Mais de ce que j'ai appris, j'ai retenu qu'un faussaire comme vous devait être éliminé. Et je m'emploierai à ce que vous le soyez.

— Ça ne devrait pas être trop difficile. Que les journaux soient au courant de l'affaire, et je serai éliminé. Mais plus que moi, cette élimination touchera le savant à qui le gouvernement de l'Inde offre un laboratoire, quelque chose qui donnera à ce pays une source d'énergie susceptible de mettre fin pour toujours à la pauvreté dont souffrent encore tant de ses habitants.

— Il faut décidément que vous passiez pour une grande âme, ricana Dolly Daruwala. Mais je ne m'y laisserai pas prendre, mon cher. Pour moi, vous n'êtes qu'un tricheur, un menteur. Et je prendrai grand plaisir à le faire savoir. »

Sur quoi elle changea brusquement de ton.

« A moins que vous ne soyez prêt à payer. Je propose cent mille roupies. »

Un lakh de roupies, songea Ghote. Comment osait-elle demander une pareille somme ? Le Dr Commissariat avait certainement commis une faute grave, mais il ne pouvait pas en avoir cent pour cent honte. C'est vrai, il avait volé les papiers de son cousin. Mais si la pièce était tombée de l'autre côté, s'il avait tout de suite eu le sujet qui était échu à son cousin, il ne faisait aucun doute qu'avec un esprit aussi brillant que le sien il aurait mené sa thèse à bien même sans se servir des premiers travaux de son cousin. Alors maintenant allait-il accepter de payer pour éviter que les journaux ne s'emparent de l'affaire ?

« Non, répondit aussitôt le Dr Commissariat. Non, je ne vous donnerai même pas un paisa. Mais vous allez me rendre ce malheureux début de thèse qui pourrait me faire tant de mal, et faire tant de mal au pays, à notre pays. Vous allez me le rendre. Maintenant.

— Comme ça, parce que vous me le demandez ? railla Dolly Daruwala.

— Parce que je vous le demande, oui. Parce que je vous le demande au nom des milliers, des centaines de milliers de gens dont mon travail pourrait améliorer la vie.

— Eh bien, si vous vous sentez tellement concerné par tous ces dalits, hors-castes et bons à rien, c'est simple : payez-moi mon lakh. Je vous rendrai tout de suite vos papiers — ils sont là, dans mon coffre — et l'affaire sera réglée.

— Sauf que vous en aurez gardé un double. Comment pourrait-on faire confiance à des gens de votre espèce ? »

Dolly Daruwala ricana une fois de plus.

« Oui, il se pourrait que j'aie un double, dit-elle. Il se pourrait qu'il soit dans mon coffre et que je ne vous rende que l'original. Contrairement à certains, je ne prétends pas être une sainte. Mais même s'il vous fallait payer jusqu'à la fin de vos jours, qu'est-ce que ce serait, pour vous ? Votre invention peut vous rapporter des lakhs et des crores de roupies. Les journaux l'ont assez répété. Ils ont assez parlé de vous. Pour finir, j'en étais malade, rien qu'à voir votre nom.

— Vous oubliez que ma découverte, quoi qu'elle vaille, j'ai accepté de ne pas l'exploiter en Amérique. J'ai accepté de la rapporter en Inde pour aider mes compatriotes.

— Vos compatriotes, vous vous en moquiez bien

pendant toutes ces années où vous meniez la belle vie aux États-Unis.

— Oui, vous avez raison. » Le Dr Commissariat parlait maintenant d'une voix moins assurée. « J'ai vécu aux États-Unis sans me soucier des millions de pauvres que je laissais derrière moi. Mais par bonheur, quelqu'un de Bombay m'a rappelé ce que certains membres de notre communauté — des Parsis, comme vous et moi — avaient fait pour autrui. Des gens comme Sir Sorabji Pochkhanawala, qui a créé la première chaîne bancaire vraiment indienne — vous devez connaître l'histoire du bureau où il a commencé, avec seulement deux chaises —, ou comme Jamsetjee Tata, à qui l'Inde doit toute son industrie sidérurgique, comme Ardeshir Godrej, d'abord simple réparateur d'instruments de chirurgie, et qui a fini par donner du travail à des milliers de ses compatriotes de toutes croyances et de toutes castes. De ceux-là et de douzaines d'autres, de tous ceux qui, comme le fait un Parsi pour cinq mille Indiens, ont enrichi le pays de leurs contributions. En me rappelant où était mon devoir, leur histoire m'a ramené en Inde.

— Vous êtes admirable, oui. Mais n'espérez pas que je vais fondre au récit de toutes vos *bonnes pensées, bonnes paroles et bonnes actions.* Vous dites qu'on ne peut pas faire confiance à des gens comme moi. Peut-être. Mais ce n'est pas sans raisons. Quand on est comme moi grosse et laide, asthmatique depuis le berceau, détestée de tout un chacun, comment pensez-vous qu'on puisse faire son chemin dans la vie ? Pour ma part, je n'ai trouvé qu'un moyen : garder les yeux ouverts, et enfant déjà... »

A ce moment-là, une crainte qui couvait depuis le retour de Dolly Daruwala s'empara de Ghote : l'idée ridicule que, comme tant de personnages de films et de romans placés dans sa situation, il allait d'un instant à l'autre lâcher un formidable éternuement. Il ne le sentait pas vraiment se préparer. Mais, caché là à écouter ces stupéfiantes révélations, il ne pouvait s'empêcher de penser qu'un éternuement le perdrait, et plus il y pensait, plus il avait peur de trahir ainsi sa présence.

Et cela déclencha, pire que le désir d'éternuer, une crampe féroce dans sa jambe droite. Il devait partager sa cachette avec deux lourdes valises, dont l'une lui labourait le flanc et rendait impossible tout mouvement susceptible d'alléger sa douleur. Il en avait les larmes aux yeux. Il grinçait des dents. Il se mordait la lèvre pour se retenir de crier.

Dans sa misère, il continuait néanmoins de prêter l'oreille à ce que disait Dolly Daruwala.

« Oui, il n'y avait rien que je désirais plus qu'une boîte de compas comme celle de mon grand frère Behram, et je savais que personne ne donnerait même une simple boîte de crayons à un laideron comme moi. Mais un jour, j'ai découvert Behram en train de fumer avec des copains, et j'ai compris en un instant comment je pourrais obtenir ma boîte de compas. »

Elle eut un bref éclat de rire, reprit son souffle et poursuivit :

« Vous vous souvenez de mes parents. C'étaient des Parsis convaincus. Des adorateurs du feu, comme on nous appelle. Fumer était pour eux une abomination. Il a suffi que je demande à Behram qu'il me donne sa boîte de compas en le menaçant de parler s'il refusait. Oh, il n'a pas aimé, il n'a pas apprécié du tout. Mais qu'est-ce qu'il pouvait faire ? D'ailleurs, c'est encore lui qui a eu droit aux louanges, pour finir. Il était si gentil avec sa petite sœur, qui le méritait si peu !

— Oh, je ne doute pas qu'il y ait des explications au fait que vous exerciez... la profession, si l'on peut dire, dans laquelle vous semblez réussir si brillamment, rétorqua le Dr Commissariat. Mais il faut bien qu'un jour d'autres considérations prennent le dessus. Et ce jour est venu, j'en suis sûr. Une fois de plus, je vous demande au nom de notre communauté, au nom de tous les pauvres de l'Inde, de me rendre ces papiers.

— Et moi, rétorqua Dolly Daruwala, je vous demande une fois de plus de me donner cent mille roupies. En liquide. Maintenant. J'espère que vous avez eu le bon sens d'apporter cette somme ? »

Et alors, à la consternation de Ghote, cet homme plein de noblesse qui, il s'en était persuadé depuis le début de sa discussion avec Dolly Daruwala, n'avait rien à envier au duc de Wellington et à son « Publiez et allez au diable », céda brusquement.

« Très bien, dit-il. Oui, j'ai apporté la somme que vous demandez. Terminons-en. Donnez-moi ces papiers, et que ce soit la dernière fois que nous nous voyons.

— Ah », fit Dolly Daruwala. Et sa satisfaction était si manifeste que Ghote la perçut alors qu'il était toujours en train de se débattre avec sa crampe. « Vous vous rendez à la raison. Je le savais. Tout le monde finit par le faire.

— Alors finissons-en », trancha le Dr Commissariat.

Maintenant ils vont venir ici, dans la chambre à coucher, au coffre, pensait Ghote. Est-ce que je vais réussir à rester silencieux ?

Sa jambe semblait lui faire un peu moins mal, mais il

savait que la douleur pouvait revenir à chaque instant, peut-être plus aiguë.

Il baissa en hâte le volant qu'il tenait levé. Désormais dans l'obscurité totale, il en était réduit à interpréter les sons. Au faible grincement de la porte, il conclut que Dolly Daruwala entrait. Puis il l'entendit marcher autour de l'endroit où se trouvait le tableau de cette Joconde italienne ou française, la soie de son sari bruissant doucement. Derrière elle lui parvint le pas lourd du Dr Commissariat. Sa claudication s'entendait à chaque pas.

Mais le tableau. Est-ce qu'il l'avait remis exactement comme il fallait ?

Apparemment oui.

Il souleva prudemment le bord du couvre-lit du côté de Dolly Daruwala. Il vit qu'elle avait son sac accroché au bras gauche, sans doute avec son pistolet à l'intérieur — elle avait eu la précaution de le laisser ouvert. Dans la main gauche encore, elle tenait la serviette du Dr Commissariat. Celle-ci paraissait en effet assez volumineuse pour contenir un lakh : dix liasses de chacune cent billets de 100 roupies, par exemple. Mais peut-être le Dr Commissariat avait-il payé la prime habituelle de vingt roupies pour se procurer des billets de cinq cents, toujours difficiles à trouver, dans le quartier de Kalbadevi.

De sa main libre, Dolly Daruwala faisait maintenant pivoter le tableau de la Joconde. Puis, sans mieux voir ses gestes que le Dr Commissariat, à qui elle devait, comme à lui, offrir la seule vue de son dos, Ghote imagina qu'elle composait le numéro du coffre en tournant le bouton à droite et à gauche.

Aussitôt après, il entendit un vague déclic annonçant que le coffre était ouvert, et il vit Dolly Daruwala reculer d'un pas, une main sur la poignée de la petite porte blindée.

Derrière elle, le Dr Commissariat se remit à parler.

« Vous êtes bien sûre de ne pas vouloir entendre raison ? demanda-t-il.

— Oh, je vous en prie, s'irrita Dolly Daruwala, vous n'allez pas recommencer ? »

Par la suite, Ghote se souviendrait d'avoir entendu une sorte de rapide et soudain raclement. Mais sur le moment, il fut stupéfait de voir comme un éclair d'argent, surgi de nulle part, tomber sur le haut du sari de soie rose qu'il regardait avec tant d'attention. Puis il y avait eu un autre petit bruit, que, toujours par la suite, il avait analysé comme le sifflement d'une respiration étranglée.

Mais ce qu'il vit l'instant d'après, sans possibilité d'erreur, c'est le corps de la femme la plus dangereuse de Bombay tombant par terre avec un bruit mat. Ensuite de quoi il comprit que la flèche d'argent demeurée jusque-là inexplicable n'était autre que la lame d'une épée. Se dévissant la tête pour regarder plus haut, il vit que sa poignée était celle de la canne ouvragée sur laquelle s'appuyait le Dr Commissariat en entrant dans l'appartement. Une canne-épée — une gupti.

Mais il lui fallut encore un moment — en réalité, peut-être pas plus d'une seconde — pour enregistrer clairement le fait que Dolly Daruwala avait été assassinée. Et assassinée par le noble et magnanime Dr Edul Commissariat. En y repensant plus tard, il se dit qu'il n'avait vraiment compris ce qui s'était passé qu'en entendant le Dr Commissariat murmurer en guise d'épitaphe :

« Vermine, fléaux et serpents doivent être éliminés. »

C'était la phrase des écritures parsies qu'avec une amertume pleine de mépris Dolly Daruwala elle-même venait de citer à la victime de son chantage.

CHAPITRE 4

Quelque chose retint l'inspecteur Ghote de sortir aussitôt de sa cachette pour arrêter le meurtrier. Durant quelques instants après la chute du corps, songea-t-il en repassant dans sa tête cet invraisemblable épisode, peut-être n'avait-ce été que la pensée qu'il ne pourrait sortir en rampant de dessous le lit de Dolly Daruwala et affronter le Dr Edul Commissariat avec la dignité qui convenait à un officier de police.

Mais il n'avait pas tardé à comprendre que ce qui, en fait, le retenait caché parmi les moutons et chatons de poussière, était une décision toute différente qu'il avait prise presque sans pensée consciente. Une décision différente et d'un tout autre poids.

Il en était vite venu à sentir, à croire absolument, que le savant parsi avait eu raison de supprimer Dolly Daruwala. Elle envisageait calmement de l'empêcher d'employer le supraconducteur qu'il avait inventé pour sortir ses compatriotes de la misère désespérée dans laquelle tant d'eux semblaient condamnés à croupir. Même sans penser à toutes les autres victimes qu'elle avait froidement torturées pendant des années, c'était là, si tant est qu'il pouvait y en avoir, une raison suffisante pour la condamner.

Ghote avait d'ailleurs tôt fait de comprendre que sa mort avait été préméditée. Le Dr Commissariat lui avait plus d'une fois donné l'occasion de revenir à de meilleures intentions. Puis, lorsqu'il l'avait vue le narguer jusqu'au bout, il avait mis à exécution un plan auquel il avait certainement songé dès le moment ou presque où il avait reçu d'elle son premier coup de téléphone de menaces.

Cette pensée lui était venue brusquement en même temps qu'il revoyait dans son esprit la scène de l'arrivée du savant parsi à Bombay, présentée plusieurs fois à la télévision. A l'époque, il était clair qu'il n'avait nul besoin d'une canne. Prendre l'habitude de se servir d'une gupti avait donc certainement fait partie d'un plan soigneusement préparé. Les cent mille roupies exigées, il n'avait jamais eu l'intention de les payer. Il ne les avait avec lui que pour décider Dolly Daruwala à ouvrir son coffre. Et lorsqu'elle avait refusé la dernière chance qu'il lui offrait, il était prêt à éliminer la vermine, le fléau, le serpent qu'il voyait en elle.

Que le savant eût agi avec préméditation fut bientôt confirmé. Ghote l'entendit retourner rapidement dans le salon et revenir un instant plus tard.

Se risquant une fois de plus à soulever le bord du couvre-lit, il vit que le Dr Commissariat était allé chercher le briquet en argent bien en vue sur la table du salon. Il lui fallut à peine dix secondes pour dévisser le fond et vider le contenu dans le coffre ouvert. Un instant plus tard, une étincelle mettait en feu tout ce qui se trouvait à l'intérieur. Toutes ces épées menaçant tant de têtes. Toutes ces chaînes silencieuses.

Dès qu'il fut sûr que rien n'échapperait aux flammes, le Dr Commissariat essuya soigneusement le briquet d'argent avec son mouchoir, puis retira l'épée du corps inerte de Dolly Daruwala pour le remettre dans la canne. Enfin, il rangea l'argent dans sa serviette et sortit rapidement de l'appartement.

Pendant peut-être encore une minute ou deux, Ghote resta couché sous le lit, laissant son esprit s'imprégner des conséquences de sa décision de ne pas arrêter l'homme qui avait tué Dolly Daruwala.

D'abord, il avait agi de façon totalement contraire à tout ce qu'il croyait en tant que policier. Il avait assisté à un crime, et même au pire des crimes, et il n'avait rien fait. Il en était épouvanté. Pourtant, il persistait à croire qu'il avait eu raison. Cela signifiait-il qu'il existait des circonstances où prendre la loi en main n'était pas une faute ? Le Dr Commissariat, dont le peu qu'il avait dit l'avait persuadé que c'était un homme de bien, estimait de toute évidence qu'il en allait ainsi. Il en avait la conviction, et il avait agi en conséquence. Alors lui-même n'avait-il pas raison d'adopter la même attitude ? De s'inspirer de l'exemple si curieusement mis sur sa route ? Peut-être bien. Et même très certainement. Il avait rencontré quelque chose, peut-être pour la seule fois de sa vie, qui dépassait son devoir de policier. Qui rendait caduc le serment solennel qu'il avait solennellement prêté au début de sa carrière.

Ensuite, il lui fallait digérer le fait, qui pèserait longtemps sur son estomac, que le Dr Commissariat, dont on pouvait sans exagération ou presque parler comme d'une grande âme, avait commis un meurtre, un meurtre prémédité. Et maintenant — l'idée lui traversa l'esprit comme une monstrueuse plaisanterie — lui-même se trouvait en mesure d'exercer sur cette grande âme un terrible chantage.

Enfin, il se rendait compte que, s'il arrivait que les

circonstances exigent que cet homme, cet assassin, soit protégé, ce serait à lui qu'il incomberait de le faire. Il sentit fermenter en lui un sentiment de crainte, de crainte presque sacrée.

Lentement, comme accablé d'un poids insupportable, il tira son corps ankylosé de dessous le lit et se mit debout, chancelant et courbatu.

Puis il s'efforça de penser de manière pratique. Déjà, il allait falloir qu'il agisse en faveur du Dr Commissariat. Il était clair que, d'une façon ou d'une autre, on n'allait pas tarder à découvrir le corps de Dolly Daruwala. Le Dr Commissariat n'avait-il rien laissé qui puisse le compromettre ?

Il se concentra fiévreusement. Non, rien de ce que le savant avait fait dans l'appartement ne devait pouvoir le trahir. Il était venu avec l'idée bien arrêtée de supprimer Dolly Daruwala s'il en était réduit à cette extrémité. Un homme de son savoir n'ignorait sans doute rien des empreintes. N'avait-il pas pris soin d'essuyer le briquet ? Ainsi, pendant tout le temps qu'il avait passé dans l'appartement, il avait dû être attentif à ne toucher à rien. Et faire bien attention à ne pas laisser d'indices. Lui-même l'avait vu prendre sa serviette et sa canne. Non, il n'y avait rien à craindre de ce côté-là.

Mais de son côté à lui ? Il était essentiel que personne, à part Mr Z. R. Mistry, responsable immédiat de sa présence, ne sache qu'il était sur les lieux au moment où Dolly Daruwala était morte. Mais avait-il été aussi prudent que le Dr Commissariat ?

Il se remit à réfléchir. Conscient qu'il était en train de commettre un délit — une simple effraction, un crime certes bien léger en comparaison de celui auquel il venait d'assister —, il avait lui aussi, même sans y penser, pris soin de ne toucher à rien.

Méthodiquement, il retraça ses faits et gestes depuis son arrivée, où il avait tiré les fausses clés de sa poche, jusqu'au moment où il s'était mis à plat ventre pour se glisser sous le lit de Dolly Daruwala. Et, non. Non, il en était certain. Il n'avait touché à rien, et, Dieu merci, son uniforme ne semblait pas s'être sali.

Mais — l'idée fondit soudain sur lui comme un milan — il y avait encore une autre personne impliquée dans l'affaire. Comment se pouvait-il qu'il n'y ait pas pensé plus tôt ? Burjor Pipewalla devait normalement arriver d'un instant à l'autre.

Il regarda sa montre.

Non, il restait encore un bout de temps — presque une demi-heure. Alors que faire ?

Il avait encore la possibilité d'alerter Mr Pipewalla. Ce qui lui permettrait de se trouver un quelconque alibi. A condition toutefois que la découverte du cadavre ne se fasse pas trop attendre.

Pour l'éviter, il lui suffirait d'un coup de téléphone anonyme. Qui satisferait par la même occasion sa conscience policière.

Après un dernier regard autour de lui, il enveloppa le récepteur du téléphone avec le pan d'un rideau de soie rose, composa le numéro en se servant de son stylo et signala le meurtre.

Puis il s'en alla, laissant entrebâillée la porte de l'appartement. Le policier chargé de l'enquête en ferait ce qu'il voudrait.

Cette fois encore, il décida d'éviter l'ascenseur, même si ses courbatures risquaient de rendre la descente aussi pénible que la montée. La dernière chose qu'il souhaitait, c'était être vu par un des habitants de l'immeuble qui pourrait ensuite parler de lui comme d'un homme quittant les lieux du crime. Il s'engagea donc d'un pas lent et précautionneux dans la cage d'escalier mal éclairée, royaume des domestiques et des livreurs. Ici et là, une odeur d'urine le prenait à la gorge.

Peu avant d'arriver en bas, il lui vint à l'esprit que Burjor Pipewalla devait attendre au rez-de-chaussée, dans l'appartement de son cousin. Qu'allait-il raconter à Mr Mistry ?

Il s'arrêta dans l'ombre pour réfléchir.

Une chose était certaine. Il ne devait en aucun cas dire à Mr Mistry que le Dr Commissariat avait tué Dolly Daruwala. Mais même si Burjor Pipewalla n'était pas chez lui à attendre, il faudrait qu'il parle du meurtre. De toute façon, la nouvelle serait bientôt partout. Cependant, rien ne l'empêchait de déclarer qu'il avait trouvé Dolly Daruwala morte en entrant, poignardée devant son coffre-fort ouvert, dont le contenu avait été réduit en cendres. Mr Mistry et son cousin Burjor n'avaient pas besoin d'en savoir plus. Et cette nouvelle devait d'ailleurs suffire à les combler.

Parvenu en bas, et ravi que personne ne l'ait vu, il sonna chez Mr Mistry. Après un bref instant, la porte lui fut ouverte, mais pas par le domestique à l'effrayant strabisme : par Mr Mistry en personne.

« Inspecteur Ghote ? s'étonna le secrétaire adjoint d'une voix où déjà pointait la colère.

— Monsieur ! Monsieur, c'est très urgent. Est-ce que Mr Burjor Pipewalla est là ?

— Eh bien, oui, il est là, en effet. Mais il lui reste pour un bon quart d'heure avant son rendez-vous là-haut. Qu'est-ce qui vous a pris d'abandonner votre poste ? L'affaire est grave, j'espère que vous vous en rendez compte.

— Oui, monsieur. Mais il s'est passé quelque

chose de cent pour cent inattendu. Est-ce que je peux entrer, s'il vous plaît ? »

Mr Mistry se recula pour faire place à Ghote, qui, aussitôt la porte fermée, lui raconta ce qui s'était passé selon la version qu'il avait décidé d'en donner.

« Monsieur, conclut-il, je crois qu'il vaudrait beaucoup mieux que Mr Pipewalla quitte les lieux au plus vite. Mes collègues du quartier ne vont pas tarder à arriver.

— Oui. Oui, inspecteur, vous avez raison. Vous avez parfaitement manœuvré. Je m'en souviendrai. »

Comme Ghote l'avait prévu en réfléchissant à ce qu'il allait dire à Mr Mistry, du fait même de l'immeuble prestigieux dans lequel il avait eu lieu, le meurtre de Dolly Daruwala devint bientôt la grande nouvelle. Mais ce qu'il n'avait pas prévu, l'esprit tout occupé par l'événement terrible dont il avait été témoin — un gros bloc de rocher qui risquait de l'écraser —, c'est que ce meurtre allait en quelque sorte le rattraper. La mort d'une personne soupçonnée de faire chanter nombre de citoyens influents de Bombay devait naturellement aboutir à la Criminelle.

Ainsi, lorsqu'il arriva au travail le lendemain matin, se demandant encore par moments s'il avait vraiment vu ce qu'il avait vu, il trouva la maison bourdonnant de l'affaire et de ses conséquences.

On se demandait notamment quel serait l'officier chargé de l'enquête que, dans des cas de cette importance, la Criminelle menait d'ordinaire parallèlement à la police locale.

Et si c'était moi ? songea soudain Ghote avec un haut-le-cœur.

Mais heureusement, cette crainte ne dura pas. L'affaire fut confiée à l'inspecteur Arjun Singh.

Quand Ghote apprit la nouvelle, il fut pourtant en proie à de nouvelles angoisses. Est-ce que Singh, qui était impitoyable dans sa poursuite de criminels, et qui n'aurait jamais laissé s'échapper un homme même aussi notoirement bon que le Dr Commissariat, est-ce que Singh n'allait pas finalement découvrir que lui-même était impliqué ? Travaillant dans la même équipe, ils étaient appelés à se voir fréquemment, et il n'était pas impossible que ces rencontres soient l'occasion pour son collègue de réunir de petits indices qui...

Mais la raison finit par l'emporter. Non, il devait voir que rien dans son comportement ne pouvait le trahir. Il avait du moins eu l'idée de vérifier qu'il n'avait laissé aucune trace de sa présence dans l'appartement. Et dans le voisinage, personne ne l'avait vu. Sauf Mr Mistry, bien sûr, mais ni lui ni les siens ne risquaient de souffler un mot de l'homme qu'il avait envoyé espionner chez Dolly Daruwala.

Avec le temps, même la menace qu'il sentait dans sa tête comme un bloc de rocher prêt à l'écraser finirait bien par disparaître dans les brumes de l'oubli.

Mais ce moment n'était pas encore venu. Et la décision de confier l'affaire à l'inspecteur Singh se traduisit par un effet secondaire tout à fait imprévu.

Vers le milieu de la matinée, Ghote fut convoqué dans le bureau du commissaire divisionnaire. Cela était-il en rapport avec la dernière fois qu'il s'y était rendu, quand le commissaire l'avait envoyé voir Mr Mistry pour une affaire dont il ne savait rien et ne voulait rien savoir ? Qui sait, peut-être allait-il recevoir des félicitations — officieuses, bien sûr, et sans aucun détail touchant ce qui s'était passé — de la part du secrétaire adjoint ?

Non, on l'avait fait venir pour autre chose.

« Ghote, dit le commissaire divisionnaire, vous avez peut-être appris que j'avais dû charger l'inspecteur Singh de cette affaire Daruwala. Très délicate, essentiel que nous trouvions le coupable vite-vite. Mais maintenant, il se trouve que je dois confier à quelqu'un d'autre ce dont s'occupait Singh.

— Oui, monsieur.

— Il s'agit d'une histoire de chantage. C'est parce que Singh a l'habitude de ce genre d'affaires que je l'ai mis sur le meurtre Daruwala. Comme vous devez le savoir, il y a du chantage là-dessous, c'est pratiquement certain. Mais je pense que vous vous en tirerez très bien. Ce n'cst d'ailleurs pas si important.

— Oui, monsieur.

— Vous connaissez *Gup Shup*, le journal à scandales ?

— Oui, monsieur », répondit aussitôt Ghote. Comme quiconque à Bombay lisait l'anglais, il connaissait du moins la nature de ce magazine, qui dispensait des potins et des ragots plus ou moins inventés sur la plupart des personnalités de la ville.

Mais il avait quelque part dans sa tête un autre souvenir de *Gup Shup*. Un souvenir plus direct. Qui lui revint si brusquement qu'il faillit en parler.

Misère ! Et si par malheur il avait lâché : « Oui, monsieur, j'ai vu un numéro de *Gup Shup* pas plus tard qu'hier soir dans l'appartement même de Miss Dolly Daruwala ? » Cette pensée le fit frémir.

Non, il n'oublierait pas de si tôt la scène dont il avait été témoin. D'autant que le hasard voulait maintenant qu'il s'occupe encore d'une affaire de chantage.

Il s'efforça tant bien que mal de suivre ce que disait le commissaire divisionnaire. Apparemment, en l'absence de Firdaus Kersasp, dit Freddy Kersasp, le propriétaire bien connu de *Gup Shup* — le mordant de sa rubrique personnelle lui valait des milliers de lecteurs bombayotes —, alors en Amérique, le directeur commercial du journal s'était lui-même lancé dans le chantage. Appliquant une méthode dont Freddy Kersasp semblait être coutumier, il avait fait savoir à Falli Bamboat, héritier d'une importante chaîne de restauration parsie et pianiste classique d'une renommée croissante, qu'en échange d'un versement considérable à une publication sœur de *Gup Shup*, *Indiens de mérite et de distinction*, un ouvrage dont la parution, souvent annoncée, se faisait toujours attendre, le magazine s'abstiendrait de publier un article préjudiciable à sa réputation.

Mais Falli Bamboat n'était pas la victime consentante qu'espérait le directeur du journal, un Punjabi nommé Shiv Chand. Il était venu porter plainte auprès du commissaire divisionnaire et se disait prêt à témoigner en justice sous le nom de Shri X. C'était, semblait-il, l'occasion rêvée de mettre un terme aux agissements de *Gup Shup* et à l'irritation qu'en ressentaient tant de gens bien placés.

C'est en tout cas ce que déduisit Ghote des propos plus ou moins voilés que lui tint le commissaire divisionnaire. Mais pour atteindre ce but louable, poursuivit-il, il fallait obtenir d'autres témoignages que celui du seul Falli Bamboat — Shri X. Une fois déjà, on avait essayé de convaincre Freddy Kersasp de chantage, mais grâce à une batterie d'avocats de premier ordre, la tentative avait lamentablement échoué.

« Cette fois, Ghote, il n'y aura pas la moindre erreur.

— Non, monsieur. »

La remise de la somme réclamée par Shiv Chand pour que Falli Bamboat voie son nom célébré dans

Indiens de mérite et de distinction plutôt que traîné dans la boue dans *Gup Shup* devait avoir lieu le lendemain dans les lavabos de l'hôtel Taj Mahal, qui, semblait-il, avaient déjà maintes fois servi de cadre aux extorsions mêmes de Freddy Kersasp. Ghote aurait à s'y cacher pour assister à toute la transaction.

Mais ce n'était évidemment pas tout, comprit Ghote dès qu'il eut quitté le bureau du commissaire divisionnaire. Qu'un officier de police soit seul témoin de la tentative de chantage ne suffirait pas. On n'avait pas affaire ici à quelqu'un ignorant de la loi comme Dolly Daruwala. Au bout du compte, il faudrait affronter des avocats grassement payés. Tout devrait être fait en strict accord avec les règles du code de procédure criminelle. Et cela signifiait que, en plus de lui, il faudrait que deux panchs, deux témoins indépendants, soient dans les lavabos de l'hôtel Taj Mahal pour assister à la transaction de chantage.

Non, ce ne serait pas aussi simple que le voulait le commissaire divisionnaire.

Ce jour-là, tout en s'occupant de régler des détails administratifs concernant d'autres affaires, il se surprit à maintes reprises en train de s'inquiéter à propos des difficultés qui l'attendaient le lendemain. Aussitôt revenu de chez le commissaire divisionnaire, il s'était arrangé avec le commissariat de Lokmanya Tilak Road pour qu'on lui trouve deux panchs, d'apparence aussi respectable que possible, qui soient prêts à l'accompagner au Taj au début de l'après-midi. Puis il avait pris contact avec le walla de sécurité de l'hôtel pour le mettre au courant de ce qui se préparait. Mais c'est tout ce qu'il avait trouvé à faire en matière de préparatifs.

Tout irait bien, ne cessait-il de se répéter.

Et puis il se rappelait avec un soudain frisson que,

malgré toutes ses craintes, il se répétait la même chose à propos de sa mission chez Dolly Daruwala. Et comme tout était allé de travers. A ces moments-là, il semblait que le bloc de rocher vacillait dangereusement dans sa tête.

Mais la journée n'en finit pas moins par passer, et le moment de rentrer chez lui arriva. Il aurait une soirée agréable, se promettait-il. Le petit Ved boudait bien un peu depuis sa rebuffade touchant l'ordinateur, mais il paraissait surmonter assez bien sa déception. Protima, qui semblait ne pas avoir remarqué l'uniforme poussiéreux qu'il avait remis sur son cintre, était de particulièrement bonne humeur et avait annoncé qu'elle lui préparerait son repas préféré.

Il fut donc doublement déçu quand, lorsqu'il eut toqué à la porte et qu'elle vint lui ouvrir, il lui vit un visage inquiet.

Il n'eut pas à demander ce qui se passait.

« Mariji, lui dit-elle aussitôt. Il y a un homme.

— Un homme ? Quel homme ?

— Là. Là. Regarde. »

Il se tourna dans la direction qu'elle lui indiquait. Et là, à distance respectueuse, se tenait un homme qu'il lui semblait connaître mais sans qu'il puisse lui mettre un nom.

Puis il comprit qui il était. Il ne connaissait qu'une personne louchant de si hideuse façon. Le domestique de Mr Z. R. Mistry.

Mais que voulait-il ? Devait-il lui remettre une lettre confidentielle ? Un mot de remerciement pour ce qu'il avait fait la veille ? Mais non, il ne tenait rien à la main. Alors pour lui dire quelque chose ? Est-ce que Mr Mistry avait encore besoin de lui pour tirer son méchant cousin d'un mauvais pas ?

Maintenant, le type approchait furtivement. De biais. A la manière d'un crabe. Dans son dos, Protima referma la porte.

« Inspecteur Ghote ? »

Il se rappela avec un élan de colère la bêtise qu'il avait faite en s'annonçant à cet idiot par son titre et son nom lors de sa première visite chez Mr Mistry.

« Oui. Oui, qu'est-ce que tu veux ? »

Il se rendit compte qu'il avait parlé avec une agressivité que rien ne semblait justifier. Mais il y avait dans les façons de ce type quelque chose qui le prenait à rebrousse-poil.

« Ton nom ? demanda-t-il sans plus d'aménité.

— Ranchod, inspecteur sahib. Je m'appelle Ranchod.

— Alors, Ranchod, qu'est-ce que tu veux ?

— Seulement vous montrer que je suis un ami, inspecteur sahib.

— Un ami ? Quel ami ? Je n'ai pas besoin d'un ami comme toi.

— Oh, inspecteur sahib, moi je crois que vous en avez très besoin. Inspecteur, je vous ai vu hier soir. »

CHAPITRE 5

Ghote comprit tout de suite ce que voulait dire le domestique bigleux de Mr Mistry en affirmant qu'il l'avait vu la veille au soir. Il devait l'avoir aperçu alors qu'il quittait l'appartement de Dolly Daruwala. Il devait croire que lui, l'inspecteur Ghote de la Criminelle, était le meurtrier.

Il était parfaitement possible que, dans les ténèbres de l'escalier de l'immeuble Marzban, le type eût été couché dans un coin du palier supérieur. Dans sa hâte de partir, lui-même pouvait fort bien ne pas l'avoir vu. Oui, sachant que Burjor Pipewalla viendrait chez lui attendre l'heure de sa confrontation avec la femme la plus dangereuse de Bombay, Mr Mistry avait certainement pris la précaution de donner congé à son domestique. Et celui-ci, n'ayant rien de mieux à faire, devait s'être installé pour la nuit dans un endroit où il savait ne pas être dérangé.

Il ne l'avait sans doute qu'entraperçu alors qu'il s'en allait. Et ce n'est que plus tard, quand la police locale était arrivée sur les lieux du meurtre, qu'il devait avoir cru comprendre pourquoi cet inspecteur dont il avait appris le nom se montrait si discret, préférant prendre l'escalier plutôt que l'ascenseur.

La menace se lisait si clairement sur le visage du bigleux qu'on ne pouvait se méprendre sur ses intentions. Cependant, l'idée qu'il tenait Ghote pour le responsable du meurtre se trouva bientôt écartée.

« Inspecteurji, dit-il, si vous voulez aider l'homme qui a tué Daruwala memsahib, pour moi, il n'y a pas de problème. »

Mais c'était encore pire. Ranchod devait s'être réveillé au moment du départ du Dr Commissariat. Qu'il avait peut-être reconnu. Un soir où Mr Mistry regardait la télévision, il se pouvait qu'il soit resté planté sur le seuil de la porte, comme le faisaient souvent les domestiques, et qu'il ait vu la séquence de l'arrivée du savant parsi à Bombay maintes fois présentée aux informations.

Mais, là encore, les pires craintes de Ghote se révélèrent sans fondement.

Ranchod esquissa un mielleux sourire.

« Seulement, je trouverais injuste de ne pas partager avec vous.

— Partager ? Quoi, partager ? »

Il fallut un moment à Ghote pour comprendre ce qu'il voulait dire. L'immonde individu s'imaginait que lui, un officier de police, faisait chanter le meurtrier de Dolly Daruwala — Dieu merci, il semblait ne pas l'avoir reconnu — et il trouvait normal de réclamer sa part.

Il faillit lui répondre par une gifle qui l'aurait envoyé par terre.

Mais le bon sens intervint.

Après tout, l'impudent chacal savait pertinemment que lui-même se trouvait dans l'appartement au moment du meurtre. S'il s'en faisait un ennemi, rien ne lui serait plus facile que d'informer la police locale qu'un certain inspecteur connaissait le nom du meurtrier de Dolly Daruwala et préférait garder cette connaissance pour lui. Et vu l'hostilité qui prévalait dans les commissariats de quartier à l'égard de la Criminelle, il ne faisait aucun doute que quelqu'un se ferait un plaisir de transmettre cette information à la section de Surveillance.

« Enfin, dit-il prudemment, peut-être qu'on peut discuter. »

Le visage ingrat de Ranchod se fendit d'un large sourire découvrant une rangée de chicots brunâtres.

« Inutile de discuter, bhai. Cent roupies feront l'affaire. »

Ghote bouillait intérieurement. Cette ordure osait l'appeler « frère » ! Cependant, une autre partie de lui-même considérait le montant de la somme demandée.

Cent roupies, ce n'était pas énorme. Il les avait chez lui, dans la petite réserve qu'il gardait au cas où. S'il avait été seul en cause, il aurait, bien sûr, suivi l'exemple du duc de Wellington. Il aurait eu la réaction dont il avait appris à Ved qu'elle était la seule réaction valable face à une menace de chantage.

Mais il n'était pas seul en cause. Il y avait aussi le Dr Commissariat. Il en allait de la sécurité de cet homme noble et bon. Qu'il lui refuse ces cent roupies, et Ranchod se précipiterait dans le premier commissariat venu, ne serait-ce que par vengeance. Puis l'affaire serait transmise à la section de Surveillance. Ce qui ne signifierait pas seulement le renvoi de la police d'un officier de la Criminelle. L'enquête se poursuivrait jusqu'au moment où l'on découvrirait le nom du meurtrier de Dolly Daruwala. Et le Dr

Commissariat serait arrêté et jugé comme un vulgaire criminel. C'était impensable.

Non, si cent roupies devaient sauver de l'opprobre un homme qui venait de renoncer à la fortune pour aider ses frères démunis, le sacrifice en valait certainement la peine.

Mais est-ce que cent roupies seraient tout ce qu'il aurait à donner ? N'avait-il pas en tête un vivant exemple de la façon dont les maîtres chanteurs sont tentés d'opérer ? Dolly Daruwala et ses demandes incessantes d'argent à Burjor Pipewalla. En plus, il avait entendu le Dr Commissariat lui-même dire à Dolly Daruwalla qu'il était parfaitement conscient que son chantage n'aurait jamais de fin.

Mais que pouvait-il faire sinon céder ?

« D'accord, dit-il enfin, accablé de tristesse. Je vais te donner cent roupies. Mais je t'avertis : si jamais tu recommences, je saurai te le faire regretter. »

Le lendemain, tandis qu'il s'efforçait de liquider la paperasserie accumulée sur son bureau en attendant d'aller à l'hôtel Taj Mahal coincer le maître chanteur de *Gup Shup*, l'épisode du bigleux Ranchod revenait à l'esprit de Ghote comme le son d'une radio allumée par intermittence.

N'aurait-il pas dû résister à cette canaille ? Qu'aurait fait le duc de Wellington dans un dilemme comme celui qui était le sien à propos du Dr Commissariat ? Aurait-il quand même dit « Publiez et allez au diable » ? Et le Dr Commissariat lui-même ? Aurait-il réagi avec la fermeté dont il avait fait preuve en liquidant Dolly Daruwala ?

Une chose était certaine, songeait-il. Il n'était pas possible que lui élimine son serpent de la manière dont le savant parsi avait éliminé Dolly Daruwala. Pas pour cent roupies. Même pas pour éviter que cette demande d'argent ne se répète à l'infini. En fait, pour aucune raison.

Juste après onze heures, un agent du commissariat de Lokmanya Tilak Road arriva avec les deux panchs qui, l'après-midi, devaient assister avec lui à la scène qui se préparait dans les toilettes pour hommes du Taj Mahal. A première vue, il fut ravi du choix. La veille, il avait insisté auprès du responsable qu'il avait eu au téléphone pour que les panchs qu'il demandait aient suffisamment bonne allure pour passer parmi les splendeurs de l'hôtel sans se faire remarquer, et ces deux-là étaient vraiment des plus convenables. L'un, employé subalterne à la municipalité, était un petit moustachu timide au regard effaré ; l'autre, vêtu de blanc comme les aînés de sa communauté, un vieux Parsi propret, si mince qu'on eût dit un sac d'os. Il pourrait les emmener tous deux aux toilettes sans craindre d'attirer l'attention. Et devant le tribunal aussi, ils feraient bonne impression.

A la réflexion, il se mit pourtant à éprouver des doutes à l'égard du Parsi. Quand le moment serait venu de témoigner, ne serait-il pas tenté d'en rajouter parce que la victime du chantage était un coreligionnaire ? De plus, il avait l'impression que sa tête ne lui était pas inconnue.

« Est-ce que je ne vous aurais pas vu quelque part ? » lui demanda-t-il d'un ton brusque.

Le vieux sourit.

« Oh, oui, inspecteur. Sûrement. »

Les doutes de Ghote se transformèrent en soupçons.

« Où ça ? »

Le sourire du vieux s'élargit.

« A la télévision, inspecteur. C'est moi le vieux Parsi

de la publicité qui passe sans arrêt. Avant, je travaillais au centre commercial Anklesaria, mais depuis que je suis à la retraite, je fais du cinéma. En toute modestie.

— Ah, oui. Oui, bien sûr. »

Maintenant, il revoyait parfaitement la tête du vieux sur le petit écran, souriant à qui mieux mieux. Mais quant à savoir pour quoi il faisait de la réclame, on lui aurait brûlé les pieds qu'il n'aurait pas pu le dire.

Il chercha son nom sur la feuille que lui avait remise l'agent.

« Mr Framrose, dit-il enfin, je ne suis pas très sûr que vous soyez l'homme qu'il me faut. Au tribunal, je ne vois pas en quoi ça pourrait déranger le juge de vous avoir vu à la télévision. Mais dans l'affaire pour laquelle nous avons besoin de vos services en tant que panch, un autre Parsi est impliqué. Alors, qu'est-ce qui va se passer quand on vous demandera de témoigner sur son compte ? »

Le vieux se redressa.

« Inspecteur, dit-il, je crois que j'ai toujours fait mon devoir. Et je connais très bien le devoir d'un panch : il s'agit de regarder puis de dire ce qu'on a vu, non ?

— Exactement.

— Eh bien, c'est ce que je ferai, inspecteur. Je dirai exactement ce que j'ai vu. Ni plus, ni moins. »

Ce fut donc avec moins d'appréhension qu'il en aurait pu avoir que, le moment venu, Ghote se mit en route pour le Taj. Et au Taj, tout parut aller comme sur des roulettes. Comme convenu, le responsable de la sécurité les accueillit tous trois à l'entrée du personnel. Il les guida d'un pas rapide à travers le hall somptueux, entre les clients indigènes et étrangers disséminés sur les sofas richement recouverts et devant le rutilant comptoir de la réception où s'affairaient trois ou quatre employées portant le même élégant sari. En moins de deux minutes, ils arrivèrent devant la lourde porte de bois cloutée des lavabos.

Shiv Chand, murmura le walla de la sécurité, avait soudoyé le gardien pour qu'il disparaisse l'espace d'un quart d'heure. Après avoir arraché cette information au bonhomme, il avait cru bien faire en lui disant d'agir comme on le lui avait demandé.

« La place est à vous, inspecteur, conclut-il. Je vous souhaite bonne chance.

— Merci », répliqua Ghote, agacé qu'on croie nécessaire de lui souhaiter bonne chance.

Mais la pensée de ce qui s'était passé lors de la dernière tentative de chantage à laquelle il avait assisté lui revint bientôt à l'esprit, et il sentit avec effroi que toute la chance qu'on pouvait lui souhaiter ne serait pas superflue.

Il balaya des yeux les murs de marbre blanc, les vasques profondes, la rangée des cabines, et décida que ce qu'il pouvait faire de mieux pour cacher ses deux panchs était de les placer derrière la porte entrebâillée de la cabine du bout. Il leur montra exactement où se tenir, soulignant la nécessité d'un silence absolu.

Et c'est alors que se manifesta la première de ses difficultés. Le jeune employé municipal parut tout à coup écrasé par la splendeur des lieux.

« Inspecteur sahib, dit-il en se tordant les mains, l'œil hagard et le visage en sueur. Cet endroit ne me convient pas du tout.

— Il ne s'agit pas de savoir s'il vous convient ou non, ne put s'empêcher de glapir Ghote. Vous avez des ordres. Quelqu'un à qui on demande de remplir le rôle de panch n'a pas le droit de refuser.

— Mais... Mais, inspecteur, je crois que je vais être malade, c'est simple. Vous ne sentez pas cette odeur écœurante ?

— Bien sûr que je la sens, idiot. C'est un désinfectant de première classe.

— Peut-être bien. Mais moi ça me rend malade. Très malade. »

Ghote avait du mal à se contenir. A ce rythme, il serait encore en train de discuter avec ce garçon à l'arrivée de Shiv Chand.

« Buvez un peu d'eau, ça vous remettra, dit-il d'un ton sec en désignant les lavabos. Allez, dépêchez-vous. »

Le jeune homme se décida à obéir. Penché sur un bassin, il ouvrit le robinet et aspira l'eau bruyamment.

Ghote se tourna vers Mr Framrose.

« Et vous, demanda-t-il, vous ne vous sentez pas malade ?

— Oh, non, inspecteur. Il y a longtemps que j'ai compris qu'où qu'on soit dans le monde, c'est essentiellement la même chose. Jusqu'ici, je n'ai pas encore eu l'occasion de me trouver à la place des riches ; mais chez moi, dans ma chambre, il m'arrive de dormir par terre. Je me dis que si les pauvres et les opprimés peuvent le faire, je dois pouvoir le faire aussi. »

Mais Ghote n'avait pas le temps de philosopher, ni de se demander si un tel exercice serait bon pour lui. L'employé municipal s'était redressé au-dessus du lavabo et essuyait des mains son visage ruisselant.

« Allez vous mettre dans la cabine maintenant, ordonna-t-il sèchement. Et ne bougez plus ; ne faites pas le moindre bruit. »

Le jeune homme obéit sans broncher.

Et sans fermer le robinet.

Ghote se hâta de le faire lui-même. Il aurait bien voulu essuyer le lavabo, lui rendre l'éclat de ses voisins. Mais il craignait de ne pas avoir le temps. Sans plus tarder, il se glissa dans l'avant-dernière cabine, à côté de celle qu'occupaient ses panchs. Il tira la porte et constata avec satisfaction qu'en la laissant à peine ouverte, il pouvait voir l'essentiel de la pièce par la fente du côté des gonds. Puis il attendit.

Mais il n'eut pas à patienter longtemps.

Moins d'une minute après, il entendit grincer la porte des lavabos et vit entrer précautionneusement un homme jeune tenant un sac de toile qui aurait pu contenir des livres d'étudiant. Bien qu'il portât la chemise et le pantalon plus ou moins anonymes communs à l'ensemble de la bourgeoisie bombayote, Ghote devina tout de suite qu'il devait s'agir du Parsi, Falli Bamboat. Il avait le teint pâle de ceux de sa communauté, et bien que jeune — guère plus âgé que l'employé municipal si sensible aux odeurs, et l'air à peine plus sûr de lui —, il était aux trois quarts chauve, ainsi qu'il arrive fréquemment chez les Parsis en raison des mariages consanguins.

Il n'avait vraiment rien d'impressionnant. Serait-il même capable de jouer le rôle qu'il avait accepté dans cette rencontre avec le maître chanteur Shiv Chand ?

Ghote se demanda s'il pouvait un instant sortir de sa cachette pour encourager le malheureux, qui, somme toute, ne manquait pas de courage puisqu'il était venu au rendez-vous. Mais la porte se remit alors à grincer, poussée cette fois avec vigueur et détermination.

Shiv Chand — ne serait-ce qu'à cause du coup d'œil rapide qu'il jeta tout de suite alentour, il semblait évident que c'était lui — était un homme costaud d'environ cinquante ans. Il avait le visage carré, le menton en avant, le nez dominateur. Ses cheveux grisonnants, un peu clairsemés, étaient soigneusement gominés et peignés en arrière. Sa bouche semblait figée une fois pour toutes dans un large sourire de requin.

Ghote retenait son souffle et contrôlait jusqu'au dernier de ses muscles. Il espérait de tout son être que ses deux voisins de cabine prenaient aussi à cœur de rester silencieux.

Le directeur de *Gup Shup* fit un pas ou deux en avant, ignorant Falli Bamboat, qui paraissait quasi paralysé, totalement incapable de parler. Puis il s'arrêta pour regarder autour de lui. Retenant son souffle jusqu'à se sentir sur le point d'éclater, Ghote s'efforçait d'envoyer à ses panchs des ondes qui les aident à se tenir cois.

Shiv Chand se remit à avancer. De toute évidence, il se dirigeait vers la première cabine de la rangée pour s'assurer que Falli Bamboat et lui étaient seuls.

Ghote, le front et la nuque emperlés de sueur, vit d'un coup son plan promis à la ruine. Si le grand Punjabi ne disait pas un mot avant d'avoir vérifié que toutes les cabines étaient vides, ce serait pour rien qu'on aurait pris tant de mal pour lui tendre ce piège. Mais où d'autre aurait-il pu se cacher ? Où aurait-il pu mettre les deux acolytes dont il avait dû s'encombrer ?

Cependant, avec la soudaineté d'un éboulement rocheux, Falli Bamboat se mit alors à parler.

« Mr Shiv Chand ? Je suis Falli Bamboat. Je ne me suis pas trompé ? C'est bien l'heure à laquelle nous avions rendez-vous ? J'avais peur d'être en retard. Mais je ne voulais pas non plus être trop en avance. Ce n'est pas un endroit où il fait bon attendre.

C'est bien. Bravo, jeune homme. Shabash, shabash.

Comprenant que le pianiste parsi faisait de son mieux

pour empêcher Shiv Chand de poursuivre sa fouille, Ghote faillit prononcer ces mots à haute voix.

« Ah, lâcha enfin Shiv Chand. Mr Bamboat. Bonjour. »

Falli Bamboat s'empêtra dans sa réponse.

« Bon... bon... bonsoir. Pardon, bonjour.

— C'est un grand jour pour vous, Mr Bamboat. Faire partie à un si jeune âge des Indiens de mérite et de distinction qui ont retenu notre attention est quelque chose qui doit vous combler, non ? »

Le nez collé à la fente de la porte, Ghote vit Falli Bamboat rejeter les épaules en arrière dans un effort visible pour reprendre l'initiative.

« Sans doute, admit-il. C'est certainement très bien. Mais si je verse l'importante somme que vous avez mentionnée au téléphone en échange de ce privilège, est-ce que j'aurai la garantie qu'un certain article ne paraîtra pas dans... »

Il s'arrêta soudain, comme incapable de prononcer le nom du magazine à scandales où l'on menaçait de publier le secret, quel qu'il soit, qu'il tenait à cacher.

Puis, après un coup de toux étranglé, il réussit à se reprendre.

« Dans le journal que vous avez dit : *Gup Shup ?* »

Encore une fois bravo, jeune homme, songeait Ghote. On ne saurait mieux le faire parler de la sinistre affaire pour laquelle nous sommes là. Shabash, shabash.

« Cher monsieur, répondit Shiv Chand, vous n'avez qu'à demander, et le petit article en question sera aussitôt mis à la poubelle. Voyez-vous, nous n'aimons pas publier quoi que ce soit de déplaisant. Pas du tout, pas du tout.

— Je n'ai qu'à demander ? » répéta Falli Bamboat d'un ton plein de sous-entendus.

Dans l'un des grands miroirs qui surmontaient les lavabos, Ghote vit s'élargir encore le sourire de requin du Punjabi.

« Enfin, soyons clair, dit-il. Inutile de tourner autour du pot. Vous pourrez demander cette faveur quand vous serez notre ami. Quand rien ne s'opposera plus à ce que vous fassiez partie des Indiens de mérite et de distinction. Quand vous aurez payé pour la publication.

— Et vous avez dit qu'il me faudrait verser dix mille roupies ? »

Mentalement, Ghote applaudit de nouveau. Ce garçon était loin d'être aussi timide qu'il en avait l'air. C'était exactement ce que devaient entendre les deux panchs d'à côté pour pouvoir le moment venu témoigner devant la cour.

« Oui, oui, reconnut Shiv Chand avec la meilleure grâce du monde. C'est en effet la somme dont j'ai parlé au téléphone. »

Falli Bamboat prit la mine de quelqu'un qui trouve la pilule difficile à avaler, puis, haussant les épaules, il parut se résigner et dit :

« Bien. Dans ce cas, voilà votre argent. »

Il sortit alors de son sac de coton non des livres mais d'épaisses liasses de billets de banque, qu'il tendit en vrac à Shiv Chand.

Avec un nouveau sourire de requin béat, celui-ci se pencha pour les prendre.

Et Ghote jaillit de sa cabine.

« Mr Shiv Chand, dit-il, je suis officier de police et je vous arrête. Article 383 du code pénal indien. Menaces en vue d'obtenir de l'argent. Vous venez de vous rendre coupable d'extorsion. »

CHAPITRE 6

Ghote avait peine à croire que l'arrestation de Shiv Chand se fût passée sans plus de difficulté. Et il apprit avant longtemps que la méfiance qu'il ressentait n'était pas sans fondement. Après l'avoir félicité, brièvement, de son succès, le commissaire divisionnaire ajouta :

« Mais Chand n'est évidemment pas celui qu'ils veulent vraiment. »

Un frisson de crainte parcourut Ghote lorsqu'il entendit le mot « ils ». Il ne savait pas au juste à qui le commissaire faisait allusion, et il n'avait certes pas l'intention de le lui demander. Mais il ne comprenait que trop clairement que plus haut, sans doute beaucoup, beaucoup plus haut, quelqu'un devait récemment avoir insisté pour qu'on prenne des mesures à propos de *Gup Shup*. Sans doute l'ami d'un ami d'un ami comptait-il parmi les victimes du journal, et ses protestations avaient fait leur chemin.

Et il était désormais clair, songeait-il avec une consternation qui croissait rapidement, que nul autre que lui allait se voir confier le soin de prendre les mesures nécessaires.

Il maudit une fois de plus l'affaire Dolly Daruwala. Si

Miss Daruwala ne s'était pas fait tuer, cette nouvelle tâche et ses complications auraient certainement incombé à l'entreprenant inspecteur Arjun Singh, spécialiste du chantage.

Mais les regrets étaient inutiles.

« Est-ce que c'est Mr Freddy Kersasp que nous devons mettre derrière les barreaux ? demanda-t-il, connaissant déjà la réponse.

— En effet, inspecteur, et je compte sur vous pour le faire.

— Oui, monsieur.

— Bien, allez passer votre Shiv Chand à la moulinette. Tirez de lui tout ce qu'il sait sur Mr Kersasp. Ne soyez pas trop scrupuleux quant aux moyens. Je veux des résultats, Ghote. Des résultats. »

C'est ainsi qu'il consacra à cuisiner Shiv Chand la soirée qu'il avait espéré passer à la maison. La soirée, et une bonne partie de la nuit.

Sans résultat. Le Punjabi évitait avec obstination de rien dire sur son employeur qui ne fût déjà de notoriété publique.

Ghote finit même par abandonner les scrupules que lui avait déconseillés le commissaire divisionnaire. Mais bien avant de s'y résoudre, il avait compris ce qui rendait son prisonnier si décidé à ne rien révéler. Freddy Kersasp était toujours en Amérique. Dans l'ignorance de la façon dont son patron allait réagir face à l'échec de sa tentative de chantage, Shiv Chand voulait à tout prix éviter de se compromettre.

D'avoir compris cela n'empêcha toutefois pas Ghote de se sentir obligé d'essayer de tirer quelque chose du bonhomme. De s'acharner. Le lendemain matin, quand le commissaire divisionnaire lui demanderait quels résultats il avait obtenus, il envisageait mal de lui dire qu'il avait conclu pratiquement dès le départ qu'on n'arriverait à rien aussi longtemps que Freddy Kersasp ne serait pas de retour à Bombay.

Mais il finit par devenir évident que même en le forçant à rester debout devant son bureau durant des heures, sans interruption, sans rafraîchissement, sans même une cigarette, il ne parviendrait pas à faire craquer le solide Punjabi. Tapant rageusement sur sa cloche pour appeler l'agent qui reconduirait le prisonnier à sa cellule, il se résigna donc à abandonner.

Recru de fatigue, il rentra chez lui à travers les rues vides — hormis les douzaines de dormeurs encombrant les trottoirs — en réfléchissant que, malgré tout, il avait obtenu un renseignement : Freddy Kersasp ne serait pas de retour à *Gup Shup* avant deux semaines au moins.

Le jour suivant commença mal — même avant l'arrivée de Ghote au bureau et l'inévitable convocation du commissaire divisionnaire pour savoir où il en était avec Shiv Chand. La contrariété vint du petit Ved.

Encore mal réveillé après sa courte nuit, Ghote avalait en hâte son petit déjeuner lorsqu'il vit son fils apparaître à côté de lui.

« Dadaji ?

— Oui ? Qu'est-ce qu'il y a ? Tu sais que je dois être parti dans deux minutes.

— Je voulais te demander quelque chose.

— Alors ? »

Ved ne disait rien.

« Allez, parle, parle. Je t'ai dit que je devais partir.

— Dadaji, c'est cet ordinateur. »

La seule mention de la machine éveilla sa colère. Cette colère, il le savait, ne venait pas tellement de la pensée même de l'ordinateur, mais plutôt du souvenir du chantage de Ved, et, par association, de celui de l'assassinat de Dolly Daruwala et de ses implications. Mais d'en avoir conscience ne suffit pas à rétablir son calme.

Il se détourna de son assiette et aboya :

« Écoute-moi bien ! Je ne veux plus entendre parler de cet ordinateur. Je ne veux plus entendre un mot là-dessus. Jamais. Compris ?

— Oui, dadaji. »

Ved semblait complètement déconfit. Mais là encore, alors que de le voir désespéré dissipait d'ordinaire aussitôt sa colère, cette vision resta cette fois-ci sans effet.

« J'espère que tu as compris, répéta-t-il. Il ne doit plus être question d'ordinateur dans cette maison. C'est dorénavant un sujet interdit. Cent pour cent. »

Avec le commissaire divisionnaire, les choses se déroulèrent pourtant mieux qu'il ne l'avait craint. Comme il s'y attendait, il eut droit à des reproches parce qu'il n'avait pas obtenu de Shiv Chand de quoi inculper le propriétaire de *Gup Shup*. Mais le commissaire reconnut bientôt que, Freddy Kersasp étant en Amérique, il serait en fait peu pratique de pousser plus loin l'enquête pour l'instant.

« Maintenant, ce salaud doit être informé de l'arrestation de Shiv Chand, conclut-il. Avec un peu de chance, il pourrait se décider à rester pour toujours en Amérique. Comme ça, cette maudite affaire ne me concernerait plus.

— Oui, monsieur.

— En attendant, vous avez du travail, Ghote ?

— Oh oui, monsieur. Toujours beaucoup.

— Parfait. Alors occupez-vous de ce que vous avez à

faire. Continuez. Et que Shiv Chand mijote dans son jus jusqu'à ce que nous sachions si Freddy Kersasp se décide ou non à rentrer. »

Quand, dix jours plus tard, il apprit des bureaux de *Gup Shup* que Freddy Kersasp avait remis son retour et que son absence se prolongerait d'une semaine au moins, Ghote se mit à espérer que le commissaire divisionnaire avait vu juste. Averti de l'arrestation de son directeur après une tentative de chantage ratée, Freddy Kersasp avait peut-être pris peur et décidé de s'installer aux États-Unis avec l'argent mal acquis qu'il avait réussi à sortir de l'Inde. La chance aidant, il pourrait liquider *Gup Shup*, et les malheureux qu'il tenait sous sa coupe retrouveraient le sourire.

Curieusement, le soulagement qu'il éprouvait contribua à apaiser une autre crainte, et il se prit à espérer que l'inspecteur Arjun Singh, qu'il avait toujours soin d'éviter, ne retrouverait jamais la trace du meurtrier de Dolly Daruwala. Le bloc de rocher qui, dans sa tête, menaçait de l'écraser, allait peut-être basculer dans l'oubli.

Lorsque, au bout d'une nouvelle semaine, il apprit que Freddy Kersasp remettait encore son retour, il en arriva à passer des heures sans plus penser au Dr Commissariat, à Dolly Daruwala et à la canne-épée trouant son sari rose. Cette vision ne lui revenait plus que le soir, alors qu'il était accablé de fatigue.

Mais cet état de contentement croissant ne devait pas durer indéfiniment.

Comme il rentrait chez lui, un mois, jour pour jour, après le meurtre de Dolly Daruwala, il trouva à nouveau Ranchod à sa porte. Le gaillard arborait un sourire mielleux et louchait de plus belle. Il avait donc compris qu'un maître chanteur pouvait se servir plusieurs fois du même secret. Même si, à en juger par son air contraint, il n'avait pas encore acquis la froide désinvolture de Dolly Daruwala.

Que devait-il faire de lui ?

S'il devait un jour se sentir en mesure de l'envoyer au diable, ce n'était pas encore le cas. Oh non. Il se pouvait qu'Arjun Singh soit à mille lieues de découvrir qui avait tué Dolly Daruwala, mais le Dr Commissariat n'était pas à l'abri pour autant. Ce que dirait Ranchod au cas où ses exigences ne seraient pas satisfaites pourrait déclencher des recherches qui, pour finir, conduiraient au savant parsi.

Il allait donc falloir payer. Et découvrir d'abord combien l'autre voulait.

« Alors ? grogna Ghote.

— Inspecteur sahib, bonsoir.

— Qu'est-ce que tu veux ? »

Le sourire de Ranchod s'élargit encore, découvrant ses chicots brunâtres.

« Inspecteurji, je crois que vous savez ce dont j'ai besoin. Très besoin, inspecteur. »

Il voulait de l'argent, bien sûr, mais quant à savoir pourquoi il en avait « très besoin », c'était beaucoup moins clair. Après tout, il était payé, nourri et logé par Mr Mistry.

« Bon. Tu auras cent roupies. Mais c'est la dernière fois.

— Oh, oui, oui, inspecteur. La toute-toute dernière fois. C'est sûr. »

Heureusement, il avait regarni sa réserve deux jours après la première demande de Ranchod. Il tapa à la porte, et lorsque Protima vint lui ouvrir, il lui dit qu'il lui fallait de l'argent, entra sans lui laisser voir le sinistre bigleux, prit cent roupies dans la cachette et, ressortant aussitôt, fourra les billets dans la main tendue de Ranchod.

« La dernière fois », répéta-t-il d'un ton féroce.

Pourtant, il se doutait bien que, tôt ou tard, Ranchod reviendrait à la charge.

Puis, le surlendemain, comme il donnait ce qu'il en était venu à considérer comme un coup de téléphone de routine aux bureaux de *Gup Shup*, il apprit que Freddy Kersasp était de retour. Il éprouva un léger choc, une sourde déception. C'est vrai, il ne s'était pas permis d'espérer franchement que le propriétaire du magazine à scandales allait disparaître de sa vie en même temps que de Bombay. Mais il s'était peu à peu fait à l'idée qu'il n'aurait jamais à trouver de preuves contre lui.

Pourtant, il avait depuis longtemps réfléchi à ce que serait sa première démarche au cas où le propriétaire de *Gup Shup* reviendrait : il lui ferait immédiatement savoir qu'il était libre d'aller voir son collaborateur accusé de chantage.

On verrait bien alors si Freddy Kersasp prenait le parti de Shiv Chand, ou si, au contraire, il le désavouait. S'il prenait sa défense, il s'agirait d'établir un rapport patent entre la tentative de chantage de Shiv Chand et les agissements de Freddy Kersasp lui-même. Si, comme il l'estimait plus probable, Freddy Kersasp tentait de se désolidariser de son directeur, alors le Punjabi se mettrait certainement à table et dirait ce qu'il savait contre lui.

Il se fit une idée de ce qu'allait être l'attitude de Freddy Kersasp dès qu'il essaya, en vain, de le joindre au téléphone.

« Mais il faut que je lui parle à propos de son

employé, Mr Shiv Chand, actuellement en état d'arrestation, dit-il.

— Mr Shiv Chand ne travaille plus pour la société Gup Shup : Mr Kersasp l'a licencié », lui répondit-on.

C'était une réponse claire, dont Ghote fut plutôt satisfait.

Lorsqu'il en ferait part à Shiv Chand, celui-ci abandonnerait sans doute son sourire de requin.

En effet.

« S'il croit qu'il peut me traiter comme ça ! s'exclama le costaud punjabi. Je vais lui apprendre qui je suis. Pour ça, oui.

— Vous savez donc certaines choses contre lui ?

— Des choses contre lui ? J'en sais cent, deux cents.

— Alors vous allez nous les raconter », rétorqua Ghote d'un ton nettement plus amical que celui qu'il avait adopté jusque-là.

Des deux heures d'entretien qui suivirent résultèrent non deux cents, ni même cent, mais quatre exemples récents de tentatives de chantage conduites par Freddy Kersasp en personne, pour lesquelles Shiv Chand se disait prêt à témoigner à titre de complice. Dans chaque cas, affirmait ce dernier avec chiffres à l'appui, une somme importante devait être versée pour une biographie à paraître dans *Indiens de mérite et de distinction*, dont la publication se faisait toujours attendre.

Assez fier de lui, Ghote alla trouver le commissaire divisionnaire pour le mettre au courant.

« Du vent, inspecteur.

— Du vent, monsieur ? Mais...

— Inspecteur, nous n'avons pas affaire à un gamin qui a volé un fruit à un étalage. Nous avons affaire à un homme qui a déjà passé au tribunal et qui en est ressorti la tête haute. Ce qu'il nous faut, ce sont des preuves contre lesquelles le seigneur Krishna lui-même ne pourrait rien.

— Oui, monsieur. Mais alors...

— Inspecteur, prenez chacun des cas que vous a indiqués votre Shiv Chand, allez voir les personnes concernées, et revenez avec l'assurance, avec la promesse ferme et définitive, qu'elles sont prêtes à témoigner en tant que Shri X, Y, Z ou ABC, et à appuyer les dires de votre Shiv Chand. Quand vous aurez fait ça, inspecteur, nous pourrons dire que l'affaire est en train.

— Oui, monsieur. »

Tandis que Ghote s'en allait, la vision de Dolly Daruwala gisant morte devant son coffre plein de secrets lui revint à l'esprit, plus vivante que jamais. Plein d'amertume, il se disait que si cette vermine, ce fléau, ce serpent n'avait pas été éliminé, le sombre avenir qui s'annonçait concernerait l'inspecteur Arjun Singh et non pas l'inspecteur Ghote.

CHAPITRE 7

Les jours suivants, les pressentiments de Ghote concernant les difficultés qui l'attendaient ne furent hélas pas démentis par la réalité. Aucune des quatre personnes que le commissaire divisionnaire lui avait demandé de convaincre de jouer le rôle de Mr X, Y, Z ou ABC ne se montra disposée même à le recevoir.

Il lui fallut trois jours d'appels téléphoniques réitérés, de négociations avec des secrétaires évasives, des commis obstructionnistes et des domestiques réticents avant de réussir à obtenir avec l'une d'elles un simple rendez-vous. L'intéressé était un agent de change gujerati, Mr Suresh Jesingbhai. Selon Shiv Chand, Mr Jesingbhai avait versé une contribution importante pour figurer dans un avenir incertain parmi les élus de *Indiens de mérite et de distinction* plutôt que de voir révéler dans *Gup Shup* — qui, lui, paraissait implacablement deux fois par mois — qu'il avait jadis eu un certain arrangement avec une standardiste. A l'époque où le système téléphonique de Bombay n'était pas encore automatisé, la dame en question s'était occupée non seulement de faire passer ses appels urgents en priorité mais de les débiter sur le compte d'un autre.

Puis, quand le bon temps avait pris fin, elle s'était rendu compte qu'elle pouvait s'assurer un revenu d'appoint en vendant l'histoire à Freddy Kersasp.

Lorsqu'il parvint enfin à joindre Mr Jesingbhai en personne, Ghote lui glissa quelques mots de l'affaire pour le décider à le recevoir. Et c'est ainsi qu'il obtint un rendez-vous le jour même, tard dans la soirée, dans le bureau de Mr Jesingbhai.

Tandis qu'il frappait à la porte, une porte vitrée où s'écaillait le nom de la société — Jesingbhai and Co — écrit en lettres noires, et à travers laquelle filtrait un soupçon de lumière, Ghote se disait que, décidément, l'endroit était bien peu impressionnant. Mais d'après les renseignements qu'il avait eu soin de prendre, aussi minable que parût le bureau, les transactions dont il était le cadre étaient loin d'être négligeables. Chez les agents de change de Dalal Street, la tradition voulait que les façades les plus miteuses cachent les plus grosses fortunes.

Mr Jesingbhai, qui vint tirer lui-même les nombreux verrous de la porte, semblait respectueux de cette tradition. Vêtu selon la mode gujerati, il portait une kurta blanche, un ample dhoti plissé sur son gros ventre, et un bonnet noir taché de sueur. Étant donné le peu de lumière, il était difficile de distinguer ses traits, mais Ghote fut certain de saisir sur son gras visage rond une sourde expression de méfiance.

Il dut montrer patte blanche avant de pouvoir entrer, et, suivant la lourde silhouette de l'agent de change, il traversa une pièce où une unique ampoule éclairait faiblement des bureaux au dessus de formica, des chaises recouvertes de plastique, un sol aux carreaux défoncés et inégaux. Une forte odeur d'urine sourdait de quelque part, et le climatiseur qu'il aperçut, pendouillant misérablement à l'une des hautes fenêtres, était manifestement hors d'usage depuis longtemps.

Une fois qu'ils furent dans son propre bureau, Mr Jesingbhai referma la porte et s'y adossa fermement. Puis il prit la parole.

« Cette fille est une abominable menteuse. Elle vous a dit ce qu'elle vous a dit uniquement parce que je lui refusais de l'argent. Il n'y a pas un mot de vrai là-dedans. »

Tout en songeant que l'homme qu'il avait devant lui n'avait pas une tête à suivre le conseil du duc de Wellington en matière de chantage, Ghote avala sa salive.

« Mr Jesingbhai, comprenez, s'il vous plaît, dit-il. Comme je vous en ai donné l'assurance au téléphone, il ne saurait être question de vous poursuivre pour les actions illégales que vous avez ou non commises.

— Je n'ai rien fait.

— Bien, ne parlons pas de ça. Mais selon une information cent pour cent certaine, nous savons que vous avez versé dix mille roupies à Mr Firdaus, ou Freddy Kersasp pour la publication d'une notice biographique dans un ouvrage intitulé *Indiens de mérite et de distinction.*

— Des preuves ? Qu'est-ce que vous avez comme preuves ?

— Des preuves comptables, monsieur, mentit effrontément Ghote, sûr que Shiv Chand ne l'avait pas trompé.

— Et vous dites qu'il n'y aura pas de poursuites ? Vous m'en donnez votre parole ? Votre parole d'honneur ? Par écrit ?

— Ici même, monsieur, pas plus tard que maintenant. »

Dans la lumière crue du tube au néon suspendu au-dessus du bureau de Mr Jesingbhai, Ghote vit le visage de celui-ci perdre un peu de sa méfiance. Mais l'agent de change ne parut pas voir la nécessité de profiter de son offre.

« Fort bien, inspecteur. Mais que voulez-vous, au juste ? Il va de soi que j'aiderai la police dans la mesure de mes possibilités.

— Merci, monsieur. Je sais que vous êtes un honnête citoyen prêt à faire son devoir.

— Bien sûr, bien sûr. Mais de quel devoir s'agit-il ? »

Ghote aurait préféré présenter sa requête de façon moins directe. Mais il lui fallait bien répondre à la question de Mr Jesingbhai.

« Monsieur, commença-t-il, le préfet lui-même attend de vous que vous témoigniez, simplement sous le nom de Shri X, contre Mr Kersasp pour raison de chantage.

— Pour raison de chantage, inspecteur ? Mais je n'ai rien de tel à reprocher à Mr Kersasp. C'est seulement cette fille qui a essayé de me faire chanter. S'il s'agit de témoigner contre elle sous le nom de Shri X, je témoignerai tant que vous voulez. Une affaire comme celle-là ne risque pas de faire trop de bruit.

— Vous craignez qu'une affaire dans laquelle se trouve impliqué Mr Kersasp vous attire des ennuis ? Mais, monsieur, je peux vous assurer que les plus grandes précautions...

— Il n'y a pas de précautions qui tiennent. Allons, inspecteur, vous savez très bien que si Mr Kersasp passe en jugement, tout Bombay voudra savoir de quoi il retourne. Et l'apprendra en moins de temps qu'il ne faut pour dire Chakravartyrajagopalachari. »

Le temps de la persuasion était passé, songea lugubrement Ghote. Mais un peu de fermeté ne pouvait pas faire de mal.

« Mr Jesingbhai, dit-il, il n'en reste pas moins que vous avez versé dix mille roupies à Mr Kersasp. Pourquoi, sinon parce qu'il vous faisait chanter ? Parce qu'il menaçait de publier dans *Gup Shup* quelque chose que vous préfériez cacher. C'est votre devoir de témoigner devant la cour contre de telles pratiques. »

Mr Jesingbhai le regarda d'un air fourbe.

« Inspecteur, si j'ai cru bon de verser cet argent, c'est pour figurer parmi les Indiens de mérite. Il n'y a pas de mal à ça, il me semble, non ? »

Ghote soupira.

« Monsieur, vous savez aussi bien que moi que personne ne payerait une telle somme pour cette seule raison.

— Eh bien moi si, inspecteur. Et pour cette seule raison. »

Le regard de l'agent de change était devenu franchement hostile.

Au-dessus de sa tête, Ghote était soudain conscient que le tube au néon émettait un léger bourdonnement. Et il comprit alors qu'il n'avait plus qu'à s'en aller.

Il lui restait toutefois trois pistes à suivre. Même si le commissaire divisionnaire lui avait donné l'ordre de s'assurer les témoignages de Shri X, Shri Y, Shri Z et Shri ABC, il suffirait qu'un seul d'entre eux accepte de témoigner contre Freddy Kersasp pour que la justice puisse le condamner. Mais toutes ces considérations ne l'empêchaient pas de se sentir déprimé.

Le lendemain matin, aussitôt installé à son bureau, il appela une autre des victimes de *Gup Shup*. Il s'agissait d'un homme d'affaires d'un type très différent du traditionnaliste gujerati qu'était Mr Jesingbhai. D'après ce qu'avait dit Shiv Chand, Ramesh Deswani était un arriviste sindhi que ses seuls efforts avaient amené à la tête d'une société importante, la Despruf Waterproofing, qui vendait un système très prisé d'étanchéité garantissant contre les pluies de la mousson la plupart des toits plats des immeubles de Bombay. Un rapide coup d'œil aux comptes secrets de Freddy Kersasp, qui n'avaient rien à voir avec ceux qu'il tenait pour les représentants du fisc, avait appris à Shiv Chand que Ramesh Deswani n'avait pas versé moins de vingt mille roupies pour figurer dans *Indiens de mérite et de distinction.* Cependant, il n'avait pas réussi à tirer de son employeur ce qu'il entendait publier dans *Gup Shup* au cas où le Sindhi déclinerait l'honneur qu'on lui proposait.

Le coup de téléphone à la Despruf Waterproofing ne se passa pas trop mal. Bien sûr, Ghote ne réussit pas à obtenir Ramesh Deswani lui-même. Mais tandis qu'il parlait à sa secrétaire, il entendit une voix, qu'il trouva légèrement hystérique, crier à l'arrière-plan en anglais : « Non, pas aujourd'hui. Demain. Demain peut-être. »

Il crut donc pouvoir espérer obtenir un témoin, et la première chose qu'il fit le lendemain fut de retéléphoner.

Entre-temps, il essaya en outre consciencieusement les deux autres noms de sa liste, c'est-à-dire le major-général en retraite Kalgutkar, dont le fils avait fait quelque chose qui pouvait assurer un bel article à la plume venimeuse de Freddy Kersasp, et une dame récemment nommée Inspecteur des Nuisances à Bombay, qui se trouvait être la première femme à occuper ce poste. Mais Ghote ne fut pas trop déçu quand, d'abord, le domestique du général répondit que son maître n'était « pas à la maison », puis qu'il apprit par quelque employé anonyme que l'Inspecteur des Nuisances n'était « pas disponible ». Il gardait l'espoir que le directeur général de la Despruf Waterproofing se montrerait plus coopératif, et en attendant d'être fixé, il lui restait à liquider un tas de travail en retard.

Le lendemain matin, il eut une indication complètement imprévue quant à ce qui avait pu mettre Ramesh Deswani au pouvoir de Freddy Kersasp. En arrivant à son bureau, pensant qu'il était réellement trop tôt pour donner le coup de téléphone qu'il espérait cette fois voir aboutir, il décida de consacrer quelques minutes à la lecture de l'*Indian Post.* Et la première nouvelle qui retint son attention concernait son témoin potentiel.

Sous le titre « Un chef d'entreprise bombayote se précipite dans la mort », l'article disait : « New Delhi, Apl 21 (UNI). Le corps de Ramesh Deswani, 56 ans, directeur général de la Despruf Waterproofing Ltd, à Bombay, a été découvert hier soir dans la cour de service d'un hôtel quatre étoiles récemment construit dans cette ville, à Asoka Road. Selon la police, Deswani était arrivé à l'hôtel le jour même. Il occupait la chambre 703, au septième étage, mais ses chaussures ont été retrouvées neuf étages plus haut. Pour expliquer son geste, Deswani a laissé un mot écrit en anglais : " J'ai commis de graves erreurs, et je sens que je dois me supprimer. " »

Pétrifié, Ghote restait les yeux fixés sur le journal, sans rien voir.

Il lui était tout de suite venu à l'esprit que c'était lui, Ghote, le responsable de la mort de Ramesh Deswani. Les appels répétés de quelqu'un s'annonçant comme un inspecteur de police devaient l'avoir amené à croire que ce qu'il tenait tant à cacher, le secret que Freddy Kersasp menaçait de publier dans *Gup Shup*, était maintenant connu. Selon toutes probabilités, ce n'était pas tant la police que les autorités fiscales qu'avait à craindre Ramesh Deswani. Mais, après que la fragilité de son secret lui eut été démontrée par Freddy Kersasp, sans doute le poids qui pesait sur sa conscience était-il devenu trop lourd. Il avait alors brusquement décidé de prendre l'avion pour Delhi, et là, dans la solitude d'une chambre d'hôtel, il avait résolu de mettre fin à ses jours.

Et puis non, songea Ghote. Cette mort ne pouvait pas lui être imputée. Le véritable responsable était Freddy Kersasp. C'était lui qui, en exigeant vingt mille roupies pour ne pas révéler les « graves erreurs » commises par Deswani, avait déclenché le processus qui l'amènerait à se jeter du seizième étage d'un hôtel de Delhi. C'était le genre de conséquences que pouvaient avoir les joyeux commérages de Freddy Kersasp. Et au cours des ans, d'autres avaient certainement payé un prix similaire pour avoir le ruineux et chimérique honneur de figurer dans *Indiens de mérite et de distinction*.

Du fond de son esprit surgit, plus noire que jamais, la vision de Dolly Daruwala gisant morte dans son sari rose devant son coffre ouvert, la vision de ce coffre transformé en fournaise après que le Dr Commissariat eut mis le feu aux dangereux documents dont il était bourré.

Rageusement, il plia l'*Indian Post* et le fourra par terre à côté de son bureau. Puis il décrocha le téléphone.

Advienne que pourra : il trouverait un témoin assez courageux pour aller en justice et déposer contre le maître chanteur.

Mais il ne suffisait pas de vouloir. Ni l'une ni l'autre des deux dernières personnes signalées par Shiv Chand n'acceptait même de lui parler au téléphone.

« Il vous rappellera. » « Elle vous rappellera. »

Il avait si souvent entendu cette réponse depuis quelques jours. Et les appels promis se faisaient toujours attendre.

En fait, ce n'est que le surlendemain qu'il réussit enfin à joindre le major-général Kalgutkar. Selon Shiv Chand, ce n'était évidemment pas à sa brillante carrière de militaire qu'il devait sa place dans *Indiens de mérite et de distinction.* Non, il la devait à la conduite peu recommandable de son fils, lui aussi dans l'armée. A la tête d'une bande de jeunes officiers, le capitaine Kalgutkar n'avait rien trouvé de mieux que de courir les rendez-vous d'amour de la région de Poona pour y dénicher des filles qui, prêtes à tout pour que leurs parents n'apprennent pas quels lieux elles fréquentaient, acceptaient de participer à des films rien moins que scabreux. Toujours à l'affût du scandale, Freddy Kersasp avait eu vent de ces activités, dont il avait tiré parti pour faire chanter le père du capitaine.

Alors qu'il essayait le numéro du général pour la quinzième ou seizième fois, Ghote eut la chance de tomber sur lui. Il lui dit aussitôt de quoi il voulait discuter.

« Bon Dieu, je ne peux pas parler de ça au téléphone.

— Évidemment, monsieur. Je comprends très bien. Voulez-vous que nous prenions rendez-vous ici, dans nos bureaux de Crawford Market ?

— Et que penseraient mes amis en me voyant entrer dans un endroit pareil ? »

A part lui, Ghote se dit qu'ils penseraient sans doute

simplement qu'il avait une petite affaire à régler. Mais, se sentant comme un chasseur de singes essayant d'attirer une timide créature de la jungle dans sa cage de bambou, il demanda bêtement au général quel lieu lui agréerait. Après maints grommellements et hésitations — « Ah, non, zut. Ce soir-là, j'ai promis à la memsahib d'être à sa fête de charité » —, le général opta pour les Jardins Suspendus juste avant l'heure de la fermeture. Trois jours plus tard.

Ghote sentit un frémissement de colère.

Pourquoi faisait-il tant d'histoires ? Est-ce que tous les militaires étaient, comme lui, des obsédés de la sécurité ?

En trois jours, le général avait tout le temps de prendre peur et de changer d'avis. Mais que faire sinon accepter, accepter le jour et l'endroit ?

Dans l'intervalle, il essaya encore de contacter la dernière personne de sa liste, Mrs Amrita Nath, récemment nommée Inspecteur des Nuisances, comme pour donner de quoi gloser à la presse. Mais ses collaborateurs semblaient dotés d'un sixième sens touchant les coups de téléphone qu'elle préférait ne pas recevoir. Et par ailleurs, malgré deux nouveaux entretiens avec Shiv Chand, il ne réussit pas à découvrir un autre témoin potentiel sur qui l'on eût des renseignements tangibles.

Le soir du troisième jour, ce n'est donc pas sans inquiétude qu'il se rendit à Malabar Hill, dans les Jardins Suspendus construits sur les grands réservoirs alimentant en eau la ville qui grouillait au-dessous. Le général avait fixé pour lieu de rendez-vous le terrain de jeu réservé aux enfants. Un endroit qui, à l'heure tardive où ils étaient convenus de se rencontrer, avait toutes chances d'être désert.

« J'espère que vous ne serez pas en uniforme, avait aboyé le major-général Kalgutkar.

— Non, monsieur. Bien sûr que non, monsieur. A la Criminelle, on ne porte l'uniforme qu'à certaines occasions.

— Parfait. Mais il faudra que vous ayez quelque chose qui me permette de vous reconnaître. Apportez un paquet de cigarettes. Des Chancellor. C'est la marque que je fume. »

Se sentant plus qu'un peu ridicule, Ghote arriva à proximité du terrain de jeu en tenant ostensiblement devant lui le paquet de Chancellor qu'il s'était procuré non sans peine. Aucun des paanwallas auxquels il s'était adressé n'en avait, et l'un d'eux l'avait même assuré que la marque n'existait plus. Finalement, il en avait trouvé au restaurant Woodlands, dans le quartier d'affaires de Nariman Point. Mais quand le garçon lui avait annoncé que le paquet de vingt coûtait dix-huit roupies — son chantage mensuel n'aurait guère permis à Ranchod de fumer plus de cinq ou six jours, avait-il aussitôt calculé —, il avait eu l'air stupéfait, et le garçon lui avait suggéré de n'acheter qu'une cigarette : « C'est deux roupies la pièce, monsieur. » Et il s'était trouvé dans la situation désagréable de devoir insister pour avoir un paquet entier.

Il regarda autour de lui, essayant de repérer le général.

Bientôt, il avisa un grand gaillard d'aspect soigné, vêtu d'une veste de toile kaki et coiffé d'une casquette, dont le visage autoritaire était barré d'une moustache blanche parfaitement taillée. Il agita son paquet de cigarettes pour attirer son attention. Mais le général — s'il s'agissait de lui — n'eut aucune réaction.

Dans quelle impasse se trouvait-il encore ? Est-ce que

le général avait fini par décider de ne pas venir au rendez-vous ?

Tous ses ennuis lui revinrent en bloc à l'esprit, et, de fureur, il écrasa le paquet de Chancellor dans son poing.

Se pouvait-il que le général soit parmi le groupe d'hommes qui avait envahi un coin du terrain de jeu pour y faire de la gymnastique ? Ils se servaient le plus sérieusement du monde des toboggans et balançoires comme barres d'exercice. Dans sa crainte d'être vu avec un officier de police, le général aurait-il eu recours à un tel subterfuge ? Non, ce n'était pas possible.

Il regarda une fois encore autour de lui. Dans le ciel pâlissant, quelques vautours tournoyaient au-dessus des Tours du Silence où les Parsis mettaient leurs morts pour éviter de souiller la terre, l'eau ou le feu. Leur vue ranima en lui le souvenir, aussi irritant qu'un grain de fruit logé entre deux dents, de la défunte Dolly Daruwala. Malgré le mépris qu'elle affichait pour les traditions de sa communauté, malgré le mauvais tournant qu'avait pris sa vie, était-ce là que son corps avait abouti ? Ou en avait-on disposé sans cérémonie, sans personne pour l'accompagner ?

A l'époque du lycée, un camarade parsi lui avait dit que l'âme des morts revenait chez eux durant les quatre jours prescrits pour les prières, et qu'il convenait alors, en signe de bienvenue, de maintenir allumée à la tête de leur lit une lampe remplie d'huile de coco. En l'absence d'une telle lampe, l'âme glaciale de Dolly Daruwala n'allait-elle pas venir hanter pour l'éternité les deux personnes qui l'avaient vue mourir ?

Soudain, une voix parla directement dans son oreille. La surprise le fit sursauter.

« Le paquet de cigarettes que vous tenez dans votre poing, est-ce que c'est des Chancellor ? »

Il se retourna. C'était l'homme à la casquette dont il s'était efforcé d'attirer l'attention sur son paquet de cigarettes aussitôt qu'il était arrivé.

« Je suis bien content de vous voir, monsieur, dit-il sans rien montrer de l'irritation qu'il éprouvait devant l'excès de précautions du général.

— Inspecteur, sachez-le tout de suite : ce n'est pas par choix que je suis ici.

— Non, monsieur, je comprends bien. Tout cela est très ennuyeux. Mais le préfet est cent pour cent décidé à mettre fin à cette histoire d'*Indiens de mérite et de distinction.* Il espère votre entière coopération comme témoin devant la cour.

— Alors mettons tout de suite les choses au point. Je suis prêt à admettre — entre nous s'entend — que je n'aurais jamais déboursé même une roupie pour avoir ma carrière décrite dans ce maudit livre. Mais ce bâton merdeux de Kersasp — je ne vois pas comment le qualifier autrement — est venu me trouver avec une sombre affaire concernant mon garçon. Une affaire déplorable — je n'ai pas mâché mes mots à mon fils. Mais il me paraissait inenvisageable que tous les membres du Cricket Club de l'Inde puissent en lire les détails dans cette infecte feuille à scandales. Alors je me suis fait une raison : j'ai payé.

— Oui, monsieur. Ça se comprend. Mais pourtant... Monsieur, vous voyez bien que vous avez un devoir ? Le devoir de mettre fin aux odieux agissements de Mr Kersasp ? »

Le général lui décocha un regard où, même dans le

crépuscule, il était évident qu'il y avait davantage de colère que de méfiance.

« N'essayez pas de m'apprendre où est mon devoir, inspecteur », rugit-il.

Ghote se dit qu'il ne devait pas se laisser intimider par le soldat qui montrait maintenant le nez.

« Monsieur, rétorqua-t-il, si je parle de devoir, c'est qu'il est cent pour cent certain que vous en avez un. Monsieur, tout citoyen de l'Inde a le devoir de faire ce qui est à faire pour que quiconque enfreint les lois de son pays soit traduit en justice. »

Visiblement, sa fermeté avait eu quelque effet.

Le général le regarda de dessous les sourcils blancs qui faisaient pendant à sa moustache si bien taillée. Mais dans ce regard, il y avait désormais — Ghote en était sûr, bien que la lumière déclinât d'instant en instant — une pointe d'hésitation. Un doute avoué.

« Il y a ce devoir, en effet. Vous avez raison, inspecteur. Vous faites bien d'en parler, et j'aime à croire que je suis quelqu'un qui connaît son devoir. »

L'espace d'une seconde, le général baissa les yeux. Puis il poursuivit :

« Mais le fait est que... Bon sang, s'il ne s'agissait que de protéger mon fils contre les conséquences de sa propre folie, croyez-moi, je n'aurais pas hésité à dire à ce répugnant maître chanteur : “ Publiez, et allez au diable ”, comme le duc de Wellington. Vous avez entendu parler du duc de Wellington, inspecteur ?

— Oh oui, monsieur », répondit Ghote, qui avait un peu l'impression d'avoir reçu un coup de couteau.

« Un de mes ancêtres s'est battu contre lui en Inde, imaginez-vous. Bien avant qu'il s'en prenne à Napoléon et qu'il soit fait duc. »

D'un geste irrité, le général tira sur sa moustache.

« En fait, tout est là, reprit-il. L'honneur de la famille. Ça vous paraît peut-être idiot, inspecteur. Mais pour moi, il n'y a rien de plus important. Si ce bâton merdeux avait publié l'affaire dans son infâme torchon, il y aurait eu une enquête. Forcément. Et pour finir, il aurait fallu que mon fils démissionne. Et c'est le dernier de la lignée, voyez-vous. Il ne reste que lui. Pour continuer. Pour continuer à faire ce que font les Kalgutkar depuis... bon sang, depuis la nuit des temps. »

Il s'interrompit une fois de plus.

Devinant ce qui allait venir, Ghote le regardait avec une inquiétude croissante. Et dans la nuit tombante, il crut voir briller une larme dans les yeux gris du général.

« Monsieur... » commença-t-il sans trop savoir ce qu'il allait dire.

Mais le général l'interrompit.

« Bon sang, je sais que je devrais traiter cette ordure comme il le mérite. C'est mon devoir de soldat. Et comme vous le dites, mon devoir de citoyen. Mais rien n'y fait, je me sens un devoir plus élevé. Le devoir envers la tradition. Et... et... »

Il s'était soudain mis au garde-à-vous comme face à un peloton d'exécution.

« Inutile d'insister, inspecteur, bredouilla-t-il d'une voix étranglée. C'est à ce devoir-là que j'obéirai. Advienne que pourra. »

Puis il émit un son qui tenait à la fois du grognement et du reniflement.

Ghote n'essaya pas de discuter. Il salua le général, fit demi-tour et reprit le chemin de la ville, passant devant le gardien pathan posté à la grille du jardin.

Le lendemain, Ghote renonça à téléphoner à Mrs Amrita Nath, le nouvel Inspecteur des Nuisances. Il décida de passer directement à ses bureaux, où il remit sa carte avec quelques mots demandant à la voir sur-le-champ pour une affaire urgente.

Il fut néanmoins quelque peu surpris d'être reçu immédiatement.

La forte femme qu'il vit de l'autre côté de l'imposant bureau devait avoir environ cinquante ans. Elle portait un sari d'un vert riche mais sévère, et une paire de lunettes cerclées d'or étincelait au milieu de son visage carré.

« Alors, qu'est-ce qui se passe, inspecteur Ghote ? lança-t-elle aussitôt que le planton eut refermé la porte. Vous me téléphonez trois-quatre fois par jour, et quand je vous dis que je vous rappellerai, vous venez me relancer à mon bureau ?

— Madame, comme je l'ai clairement expliqué au téléphone, mon affaire est, un, urgente, deux, confidentielle.

— Urgente pour vous, peut-être, inspecteur. Mais moi aussi, j'ai à m'occuper de problèmes urgents.

— Enfin, madame, j'agis sur l'ordre du préfet lui-même — c'est une affaire de première importance. »

Ce devait être la troisième fois, songea-t-il, qu'il se servait du nom du préfet pour se faire entendre. Mais bien qu'on ne lui eût pas expressément dit que ses ordres venaient du sommet, il était pratiquement certain que c'était le cas. La personne qui avait fini par réagir contre les menées de Freddy Kersasp devait être en mesure de faire bouger le préfet lui-même. Et sa requête, descendant la voie hiérarchique, devait avoir pris plus de force à chaque nouvel échelon.

Quoi qu'il en soit, la mention du préfet semblait

ici encore obtenir un certain effet. Derrière ses lunettes, le regard de Mrs Nath s'était fait plus compréhensif.

« Bon, dit-elle enfin, expliquez-moi ce qui vous amène. »

Ghote se sentit coincé. Il aurait voulu aborder la question du chantage auquel Mrs Nath avait cédé de façon aussi détournée que possible. Car en fait, il n'avait qu'une idée très vague de ce qu'elle avait commis pour tomber dans les griffes de Freddy Kersasp.

Shiv Chand ne lui avait pas appris grand-chose.

« Ce que je peux vous dire, inspecteur, c'est que quand Freddy sahib a lu dans *Times of India* qu'elle avait été nommée à ce poste, il s'est tordu de rire.

— C'est tout ?

— Non, inspecteur. Il a encore prononcé un mot, juste un mot.

— Lequel ?

— Bénarès, inspecteur. Bénarès.

— Bénarès ? Ça ne nous apprend rien.

— Peut-être pas, inspecteur. Mais si on réfléchit, on peut peut-être en tirer quelque chose. La dame est veuve, non ? C'était écrit dans les journaux au moment de sa nomination. Il y a dix-quinze ans, elle a perdu son mari. Vous connaissez la vie, inspecteur. Vous savez ce qui se passe quand une femme encore jeune se retrouve sans mari. Vite-vite, les bons amis de son défunt arrivent comme des abeilles sur un pot de miel. S'il vous manque quelque chose, vous n'avez qu'à demander, je suis là — oui ?

— Oui, oui. Je vois ce que vous voulez dire. Continuez, allez, continuez.

— Oui, inspecteur. Alors des fois, six-sept mois après la mort de son mari, la dame en question découvre que la famille va s'agrandir — vous comprenez ? Et alors elle se dit que le moment est venu d'aller en pèlerinage à Bénarès, non ? Et de ne pas rentrer chez elle avant trois-quatre mois. »

C'est toute l'information — douteuse au possible — qu'il avait réussi à tirer du Punjabi au sourire de requin. Et maintenant, il allait falloir qu'il s'explique avec Mrs Nath, qu'il réponde à sa question.

« Madame, dit-il, prudent comme un chien approchant d'un boucher en train de découper une chèvre, comme je l'ai indiqué au téléphone, vous devez vous en souvenir, l'affaire dont je désire vous entretenir concerne Mr Freddy Kersasp, éditeur et propriétaire du magazine *Gup Shup*.

— Oui, oui. Mais qu'est-ce que cet homme a à voir avec moi ? »

La réponse était maladroite. Si Mrs Nath n'avait vraiment rien eu sur la conscience, elle aurait parlé de façon moins tranchante. Ghote reprit courage.

« Madame, dit-il, je pense que vous le savez très bien. Mr Kersasp vous a menacée de publier dans *Gup Shup* quelque chose qui risquait de vous porter préjudice. Est-ce que je me trompe ? »

De l'autre côté du bureau encombré de dossiers et de papiers empilés, derrière les lunettes dont elle se servait pour défier et intimider le monde, le regard de Mrs Nath vacilla.

Il sentit un élan de joie — la joie du chasseur. Une chose du moins était certaine : la femme qu'il avait sous les yeux avait souffert aux mains de Freddy Kersasp. Mais saurait-il l'amener à témoigner devant un tribunal, en tant que Shrimati X, Y ou Z, et à se venger ainsi de l'homme qui l'avait fait chanter ?

« Madame, dit-il, mettant dans ses propos autant

d'autorité qu'il en était capable, je suis ici pour vous demander, vous supplier, de témoigner contre ledit Freddy Kersasp, qui doit prochainement être jugé pour chantage. En vous réclamant de l'argent pour une insertion dans *Indiens de mérite et de distinction*, il vous a fait chanter — vous devez en être cent pour cent consciente. Mais vous n'êtes pas la seule de ses victimes ; il y en a bien d'autres. Et le moment est venu de mettre fin une fois pour toutes à ses agissements criminels. »

Durant un long moment, Mrs Nath demeura silencieuse.

La regardant, voyant que, dans ses yeux, il n'y avait plus rien de la férocité qu'elle avait montrée tout d'abord, Ghote décida qu'il n'avait rien de mieux à faire que de la regarder. La regarder sans ciller, jusqu'à ce qu'elle succombe à l'inévitable.

Mais peu à peu — il le voyait aussi clairement que s'il s'était agi d'un mouvement visible — la férocité s'infiltra à nouveau dans le corps vigoureux du nouvel Inspecteur des Nuisances. Qui se décida enfin à parler :

« Comme ça, inspecteur, je ne suis pas la seule victime de Mr Kersasp ? Vous dites qu'il y en a bien d'autres ?

— Oui, madame, répondit Ghote, éprouvant malgré lui un certain désarroi. Il a fait chanter d'autres gens. Et il continue à le faire. Mais nous sommes décidés à les délivrer de leur cauchemar, et nous comptons sur vous pour nous aider.

— Pourquoi sur moi, inspecteur ? » La voix de Mrs Nath avait retrouvé son tranchant. « Pourquoi demander cette aide à une femme, alors que parmi cette foule de victimes, il doit se trouver des hommes à la pelle ? »

Malgré ses sombres pressentiments, Ghote se sentit comme dépossédé en voyant Mrs Nath lui échapper.

« Madame, bredouilla-t-il. Madame, nous avons nos raisons. De bonnes raisons, je vous assure.

— Et quelles sont-elles, je vous prie ? »

Mrs Nath était redevenue l'effrayant personnage qu'il avait découvert en pénétrant dans son bureau.

« Madame... il y a certaines difficultés, il faut bien l'avouer.

— Des difficultés, inspecteur ? Des difficultés qui n'existeraient pas dans mon cas ? Expliquez-moi ça. »

Maintenant, Ghote ne s'étonnait plus que Mrs Nath ait été nommée Inspecteur des Nuisances. C'était peut-être une femme, mais même le plus coriace des patrons d'usine devait hésiter à lui tenir tête.

Il avala.

« Madame, les témoins pour lesquels nous avons la preuve d'un chantage ne sont pas si nombreux.

— Mais il n'y a pas que moi, inspecteur ? »

La question était de pure forme, il le savait. Et il savait aussi que sa réponse à lui n'était guère convaincante.

« Même avec les meilleures intentions, il arrive qu'on ne puisse pas accepter de témoigner devant un tribunal, madame.

— Alors je suis votre dernière chance ? Vous comptez sur moi, une femme, pour faire ce que personne d'autre n'accepte ?

— Non, madame, non. Il faut...

— Mais si, inspecteur. Soyons francs. »

Elle était d'une franchise redoutable.

« Et pour être franche jusqu'au bout, reprit-elle en se tournant d'un air affairé vers la pile de dossiers qui attendaient sur son bureau, je vous dirai que je ne me sens pas plus capable de vous aider qu'aucun de ces messieurs auxquels vous vous êtes adressé. J'ai payé pour figurer dans *Indiens de mérite et de distinction*, c'est vrai. Mais c'est passé, l'affaire est close. Mr Kersasp ne m'ennuiera plus, je peux vous l'affirmer. Voyez-vous, quand j'étais enfant, nous habitions près de la colonie parsie, Zarina Baag, où vivait Freddy Kersasp, et j'en sais trop sur ses mauvaises habitudes de l'époque pour que lui-même n'ait pas à craindre que je parle à un autre colporteur de ragots. Voilà, inspecteur. Et maintenant, je dois vous demander de me laisser travailler. J'ai beaucoup-beaucoup à faire. »

Ghote s'en alla comme un automate. Lorsqu'il était battu, il savait le reconnaître. Ayant elle-même de quoi exercer sur Freddy Kersasp un chantage mineur, Mrs Nath était désormais à l'abri de ses demandes d'argent. Ce qu'elle savait sur son compte, elle avait probablement décidé de s'en servir quand il avait tenté d'obtenir d'elle un second versement pour *Indiens de mérite et de distinction*. Elle avait décidé que c'était trop. Qu'elle ne payerait plus. Mais elle n'était pas décidée pour autant à témoigner contre lui.

Qu'est-ce que je vais bien pouvoir dire au commissaire divisionnaire ? se demanda Ghote une fois sorti de l'immeuble abritant les bureaux de l'inspectorat, dans l'accablante chaleur que réverbéraient les pavés crasseux du trottoir. C'est la fin de la piste. Le bout du rouleau.

CHAPITRE 8

Ce n'est que le lendemain, devant le bureau du commissaire divisionnaire — un bureau immense, avec des piles et des piles de paperasse surmontées chacune d'un presse-papier d'argent aux initiales du commissaire — que Ghote prit brusquement conscience que, tout compte fait, il n'était pas au bout de la piste. Peut-être pas. Pas vraiment.

Il était sur le point d'avouer que, malgré tous ses efforts, il n'avait obtenu aucun résultat. Mais alors, revivant la triste fin de l'entretien qu'il avait eu dans son bureau avec l'Inspecteur des Nuisances, une phrase qu'il avait tout d'abord jugée anodine lui apparut soudain chargée de sens :

Quand j'étais enfant, nous habitions près de la colonie parsie, Zarina Baag, où vivait Freddy Kersasp, et j'en sais trop sur ses mauvaises habitudes de l'époque...

Ces mauvaises habitudes étaient peut-être celles de la plupart des garçons. Mais si la menace d'en parler à un autre colporteur de ragots avait suffi à désarmer le propriétaire de *Gup Shup*, il devait s'agir d'autre chose que de simples crasses de gamin. Tout jeune déjà, Freddy Kersasp était certainement un vrai scélérat.

Oui, plus il y pensait, plus Ghote en était convaincu.

Après tout, si la famille de Freddy Kersasp n'était pas socialement plus élevée que la moyenne des habitants de Zarina Baag — une colonie fondée par de riches Parsis pour loger les membres de leur communauté travaillant comme employés de banque ou de bureau —, le jeune Freddy ne pouvait pas avoir assez d'argent pour monter une affaire comme *Gup Shup*. Le magazine était certes un torchon, mais un torchon de luxe, et il l'avait toujours été. Pour le financer, son propriétaire devait avoir eu recours à des moyens plus que douteux.

Or dans une colonie comme Zarina Baag, il y avait certainement des gens qui avaient connu Freddy Kersasp avant qu'il ne se fasse un nom. Dans une ville surpeuplée comme Bombay, un Parsi qui avait un logement décent à un prix raisonnable n'en partait que les pieds devant, emporté par les nasehsalas vers les Tours du Silence. En parlant avec les plus vieux habitants du quartier, il pourrait avec un peu de chance obtenir des renseignements sur les illégalités commises par Freddy Kersasp vingt-cinq à trente ans plus tôt. Et s'il devenait ainsi possible de l'inculper pour autre chose que cette délicate affaire de chantage, c'en serait fini de lui. Et c'est ce que tout le monde souhaitait. C'est ce que souhaitait le préfet. Et c'est ce que souhaitait le commissaire divisionnaire.

« Monsieur, dit-il, au garde-à-vous devant l'immense, immense bureau. Ça n'a pas été facile, mais je crois avoir trouvé quelque chose.

Et de lui exposer son idée.

« Parfait, Ghote. Mais qu'est-ce que vous attendez ? Allez, fichez-moi le camp à Zarina Baag, mon vieux, et tâchez d'en revenir avec du solide.

— Oui, monsieur. Tout de suite, monsieur. »

En réalité, il ne se rendit pas à Zarina Baag aussi vite que le voulait le commissaire divisionnaire. S'il voulait rencontrer quelqu'un d'assez âgé pour se souvenir de Freddy Kersasp alors qu'il n'était guère plus qu'un enfant, il était inutile de se presser. Ce n'est qu'après la sieste, vers trois heures au plus tôt, que les vieux commençaient à sortir et se montraient disposés à parler.

Il arriva donc sur place à trois heures et quart, et, se glissant dans l'entrebâillement de la haute grille rouillée enchâssée dans l'épais mur de pierre qui entourait la colonie, il vit tout de suite ce qu'il avait espéré. Sachant qu'il était vain d'anticiper, il ne s'était fait aucune idée précise quant à la façon dont il obtiendrait ce qu'il désirait. Il comptait simplement tomber sur quelqu'un d'assez vieux pour avoir connu le Freddy Kersasp d'autrefois. Mais au moment même où il pénétra dans l'enceinte dallée du baag, il se dit que la chance était avec lui.

Assis à l'ombre sur le perron d'un des quatre bâtiments jaunâtres composant le complexe — au-dessus de l'entrée, une pancarte délavée annonçait le *Bloc D* — se trouvait un vieillard vêtu d'une dugla blanche. Les mains jointes sur le pommeau d'une canne sculptée, il était en train de raconter une histoire à un groupe d'enfants assis en contrebas.

Exactement ce qu'il cherchait.

Déambulant aux alentours comme s'il ne savait trop dans lequel de ces immeubles tachés d'humidité il devait entrer, ou si peut-être il s'était carrément trompé d'endroit, Ghote se rapprocha peu à peu. Enfin, après s'être arrêté pour examiner un guichet de cricket dessiné à la craie sur le mur du Bloc D — si on lui avait demandé pourquoi, il n'aurait trop su que répondre —, il arriva à portée d'oreilles du conteur. Dès que l'histoire serait finie, les enfants retourneraient à leurs jeux de cricket ou de natgolio — il avait repéré dans un coin l'inévitable pile de sept pierres plates —, et lui les remplacerait auprès de l'ancêtre.

Il écoutait, souriant, avec presque autant de plaisir que les enfants qui entouraient le vieux. Le récit de ce dernier était d'ailleurs assez récent : peut-être pour stimuler la fierté de son juvénile auditoire, il narrait les exploits aéronautiques qu'avait en son jeune temps accomplis l'industriel millionnaire J. R. D. Tata. Sans crainte d'enjoliver les faits ni de multiplier les invraisemblances. A chaque nouvelle trouvaille, Ghote remarqua que l'œil droit du vieil homme — la cataracte voilait le gauche — pétillait de malice.

Enfin, après un double looping triomphant, l'intrépide aviateur retrouva sain et sauf le plancher des vaches, et, après avoir en vain réclamé « une autre, oncle, une autre », les petits auditeurs se résignèrent à s'en aller.

Aussitôt Ghote fondit sur sa proie.

« Bonjour, monsieur, dit-il. Excusez mon indiscrétion, mais je n'ai pas pu m'empêcher d'écouter votre histoire : elle était très-très intéressante. Vous devez en avoir, des souvenirs de cette époque ! »

A voir l'expression du vieillard, Ghote comprit qu'il était en bonne voie. Il n'aurait pu mieux tomber. Il était clair que l'autre n'aimait rien tant que d'évoquer le passé au profit de qui voulait l'entendre.

Rassuré, il s'assit sur la marche même où trônait le vieux, et pendant presque trois quarts d'heure, il l'écouta débiter sans faiblir un flot ininterrompu de souvenirs. Cependant, les enfants piaillaient dans la cour. Le cricket avait repris devant le guichet dessiné à la craie. Dans le coin opposé, la balle du natgolio volait sans relâche. Les plus entreprenants — peut-être des Kersasp en herbe, imagina Ghote — essayaient de déjouer l'attention du gardien qui surveillait la grille pour rejoindre le vendeur de cannes à sucre qui, sur le trottoir d'en face, moulinait dans sa grinçante machine les épaisses tiges ligneuses pour en extraire le jus sirupeux, qu'il servait dans des verres poisseux.

Deux choses, toutefois, commençaient d'inquiéter Ghote. D'abord, il continuait à voir ici et là dans l'œil du vieux le pétillement qu'il avait remarqué tout à l'heure à chaque fois qu'il agrémentait d'un détail de son cru les exploits de Mr Tata. Ensuite, de quelque façon qu'il s'y prît, il ne réussissait jamais à amener son interlocuteur à évoquer directement ce qui s'était passé à Zarina Baag à l'époque qui l'intéressait.

Enfin, un troisième sujet d'inquiétude vint s'ajouter aux autres : combien de temps quelqu'un d'aussi âgé pourrait-il soutenir un pareil récital ? Il n'allait pas tarder à se fatiguer. Il pouvait même piquer du nez au beau milieu d'une phrase et tomber endormi sur sa canne. Avec les vieux, tout était possible.

« Excusez-moi, monsieur, l'interrompit-il presque brutalement, mais sur ce baag même, vous devez vous souvenir d'un tas de choses passionnantes ? »

De son bon œil, le vieillard lui lança un regard légèrement vexé.

« Sans doute, sans doute, rétorqua-t-il. Je pourrais vous en raconter bien d'autres. Après tout, je suis le plus vieil habitant de la colonie — j'ai quatre-vingt-cinq ans. Le plus vieux à part Mrs Vacha, du Bloc B, mais elle oublie tout. Enfin, peu importe. Ce que j'évoquais quand vous m'avez interrompu, c'est l'époque où l'hôtel Taj Mahal a été construit par le vieux Mr Tata lui-même, le grand Parsi. Laissez-moi finir ! Les jeunes d'aujourd'hui n'ont plus de manières.

— Non, non. Excusez-moi. Continuez. »

Qu'aurait-il pu dire d'autre ? Manifestement, le vieil homme avait une mémoire étonnante. C'était une fontaine de renseignements. Il fallait à tout prix éviter de se le mettre à dos. Mais comment l'amener à parler du temps où le jeune Kersasp faisait les quatre cents coups dans le quartier ?

Après avoir émis un grognement signifiant que ses excuses étaient acceptées, le vieux reprit :

« Je vous disais donc que Mr Tata avait construit cet hôtel très-très luxueux. Et savez-vous pourquoi ? Parce qu'ailleurs, on lui refusait l'entrée sous prétexte qu'il n'était pas blanc. Mais... mais... Où est-ce que j'en étais ? »

Le vieux avait été distrait par l'arrivée d'un marchand d'huile dans le complexe, où, lançant son appel, il s'arrêtait ici et là pour remplir à son tonneau le récipient que lui tendait une ménagère.

Ça y est, pensa Ghote. Il perd le fil. C'est l'effet de la fatigue. Dans deux-trois minutes, il sera endormi.

Mais le vieux se remit brusquement à parler.

« Ah oui, les jeunes. De mon temps, les jeunes avaient davantage de manières. Les choses étaient très différentes. Tous les garçons de la colonie se montraient polis à l'égard des aînés. Jamais aucun... Enfin non, là, je me trompe. Il y en avait un qui n'était pas poli du tout. Du tout. »

Il s'interrompit et, du coin de son bon œil signifia à Ghote que ses manières à lui aussi laissaient nettement à désirer.

Mais qui donc pouvait être ce garçon qui n'était pas poli du tout ? Freddy Kersasp ? Non, il n'y avait pas de raison. Le vieux parlait d'une époque indéterminée. Les souvenirs auxquels il faisait allusion pouvaient dater d'un demi-siècle aussi bien que de dix-quinze ans. Et pourtant...

« Vous avez entendu parler de Mr Freddy Kersasp ? Le propriétaire du magazine à scandales *Gup Shup* ? »

Ghote parvint à émettre un son étranglé indiquant qu'il connaissait.

Heureusement, le vieux n'en demandait pas plus.

« Eh bien, celui-là, il nous en a fait voir. » Le conteur semblait reparti de plus belle. « De toutes les couleurs. Vous savez ce qu'il a manigancé, un jour ? Je vais vous le dire. Il a... Il a... Il a enlevé le dastur, oui, notre prêtre, un très saint homme. Il l'a emprisonné, et il a demandé une rançon. Chaque famille du baag a dû payer dix roupies pour que Dasturji soit libéré. »

Est-ce que c'était ça ? Était-ce l'histoire que connaissait Mrs Nath ? Y avait-il là de quoi faire pression sur Freddy Kersasp après tant d'années ?

Les questions se bousculaient dans la tête de Ghote.

Jusqu'au moment où il prit conscience que, dans l'œil sain du vieil homme, le pétillement de l'invention était à nouveau là. Guidé par son instinct, il promena alors un regard alentour. Dans l'enceinte baignée de soleil, le vendeur d'huile avait fait place à d'autres : un marchand de légumes criait « Oignons, une roupie le kilo » ; une poissonnière promenait un panier de brèmes luisantes ; un homme échangeait contre de vieux vêtements des bols de métal bon marché. Et là, franchissant la grille, un prêtre parsi — un dastur — s'en allait d'un pas noble dans l'ample costume blanc de sa charge, barbu jusqu'à la taille comme le voulait la religion.

Devait-il faire comprendre au vieux qu'il voyait bien

maintenant d'où lui venait sa rocambolesque histoire d'enlèvement ? Ne risquait-il pas de se vexer, de refuser de dire un mot de plus, alors qu'il le cajolait depuis bientôt une heure ? Mais s'il le laissait divaguer, comment pourrait-il jamais savoir si ce qu'il apprenait sur Freddy Kersasp correspondait à une quelconque réalité ?

Il se racla la gorge.

« Très-très drôle, fit-il. Cent pour cent drôle. Mais en réalité, ce Mr Freddy Kersasp, c'était bel et bien un chenapan, non ? »

Attendant la réponse, il osait à peine respirer.

Dans le visage chiffonné par le temps, l'œil sans voile pétilla un coup de plus.

« Hum... A force de raconter, il m'arrive parfois de broder... enfin, oui, d'inventer.

— Mais dans la jeunesse de Mr Freddy Kersasp, il n'y a pas que des inventions, non ? »

Un moment — qui parut à Ghote se prolonger des heures — le vieil homme resta sans parler. En dépit du gardien, un mendiant avait réussi à se glisser dans l'enceinte et criait : « Bhai du premier, nourris le pauvre. Bhai du deuxième, donne et sois béni. » La chaleur que réverbéraient les pavés inégaux semblait toujours plus lancinante.

Enfin, le vieillard reprit la parole.

« Savez-vous, cher monsieur, qu'un meurtre a eu lieu ici même il y a des années ? »

Un meurtre ? Y était-on enfin ? Non, ce serait trop beau.

Cependant, le vieux s'empressait d'ajouter : « Attention, quand je dis " meurtre ", il se peut que j'exagère un peu.

— Comment ça ? »

Le vieux blagueur allait-il renoncer à ses fables ? En fait de meurtre, Freddy Kersasp n'était peut-être pas allé au-delà du coup de poing.

« Oui. Vous comprenez, ce qui s'est passé, c'est qu'un monsieur d'ici, Mr Topiwala, ancien propriétaire d'une boutique de santal située près de notre grand temple du feu, derrière Girgaum Road — une affaire en or, avec tous ces fidèles qui venaient se fournir chez lui... Bref, une fois retiré du commerce, ce Mr Topiwala était devenu d'une avarice notoire. Tout le monde disait qu'il cachait plein d'argent chez lui. Et puis un jour, plus rien. Plus une roupie, plus un anna. On l'avait volé. Et ensuite, on l'a trouvé mort. D'après la police, il avait eu une crise cardiaque — le choc. Mais dites-moi, est-ce que c'est tellement différent d'un meurtre ?

— Non, admit Ghote, une foule de questions se bousculant une fois de plus dans sa tête. C'est presque aussi mal. »

Mais le vieux voulait-il dire que le quasi-meurtrier en cause était Freddy Kersasp ? Et dans ce cas, pourrait-on après tant d'années tirer d'une pareille affaire quoi que ce soit contre lui ?

« Cette histoire est vraiment extraordinaire, reprit-il. Et comme ça, Freddy Kersasp, le propriétaire bien connu de *Gup Shup*, serait le voleur en question ?

— Le voleur ? » Le regard du vieil homme était devenu insaisissable. « Qu'est-ce que vous me parlez de voleur ? Je vous racontais l'histoire de l'hôtel Taj Mahal. Qu'est-ce qu'on ne dit pas sur sa construction ! Que c'est une erreur, qu'il a été bâti à l'envers... Eh bien, moi, je vais vous dire, monsieur : si c'est ce que vous pensez... vous... vous vous trompez. Oui, vous vous trompez... »

Sur quoi il sembla que Ghote avait eu raison de

craindre que la fatigue finisse par terrasser son interlocuteur. En effet, le vieux conteur avait fermé son œil aveugle comme son œil pétillant, et sa tête s'affaissait lentement vers ses mains, agrippées au pommeau ouvragé de sa canne.

Mais dormait-il vraiment ? Déjà tout à l'heure, il avait fait mine d'oublier de quoi ils étaient en train de parler. N'était-ce pas qu'il s'était une fois de plus embarqué dans une histoire imaginaire et cherchait un moyen de s'en sortir ?

Il regarda la silhouette osseuse accroupie sur les escaliers, la tête dodelinante.

Pas moyen de savoir. Et d'ailleurs, s'il dormait vraiment, il aurait cette fois oublié pour de bon ce qu'il racontait un instant plus tôt. Et s'il ne faisait que semblant, Ghote aurait beau le secouer, il trouverait encore une échappatoire pour n'avoir ni à confirmer ni à démentir ce qu'il avait dit. C'était sûr.

Que faire ?

Il pourrait toujours aller au commissariat du quartier voir s'il s'y trouvait des archives remontant à l'époque qui l'intéressait. Mais il n'avait pas grand-chose pour guider ses recherches. Pas de date précise. Seulement le nom de Mr Topiwala, ancien propriétaire d'une boutique de santal fréquentée par les dévots parsis soucieux d'alimenter le feu sacré. Et puis, archives ou pas, rien ne l'assurait que le jeune Freddy Kersasp eût trempé dans l'affaire. Entre lui et le vol, il n'y avait en fait d'autre lien qu'un enchaînement peut-être fortuit dans les propos du vieux.

Mais il se pouvait évidemment que, parmi les anciens de la colonie, d'autres se souviennent de l'affaire Topiwala. Il n'y avait qu'à chercher. Chercher jusqu'à ce qu'il trouve quelqu'un d'assez âgé. Mais ce quelqu'un en saurait-il autant sur le vol et Freddy Kersasp que le vieux endormi à côté ? Après tout, l'histoire ne devait pas être tellement connue, sinon le petit Kersasp se serait fait arrêter et juger.

Assis sur l'escalier, bercé par les doux ronflements du vieil homme, il se laissa soudain aller à l'abattement le plus complet. La vie était injuste. On l'avait chargé d'une tâche beaucoup trop compliquée pour lui. Et tout cela à cause de cette affreuse Dolly Daruwala. Si elle n'avait pas essayé de prendre dans ses filets de glace le Dr Commissariat — un homme de cœur, un homme de bien — il ne serait pas échoué là à chercher un semblant de sens dans les radotages d'un Parsi gâteux, avec pour ordre de trouver de quoi traîner en justice un homme que redoutait la moitié de Bombay — enfin, la moitié de tout ce qui comptait à Bombay.

C'est ce qui s'appelait être dans le pétrin. Cent pour cent dans le pétrin.

CHAPITRE 9

Devant le Bloc D de Zarina Baag, le soleil atteignait maintenant le pied du perron où Ghote et sa ronflante fontaine d'informations se trouvaient assis côte à côte. Les joueurs de natgolio avaient terminé leur partie et se querellaient bruyamment. Le mendiant répétait ses appels à la charité sous les fenêtres du Bloc A. Le cri d'un vendeur d'œufs — « Œufs de poule, œufs anglais » — avait remplacé celui du marchand d'huile, qui, ses ventes terminées, poussait sa charrette en direction de la grille.

Et soudainement, Ghote entrevit une issue. Oui, une voie s'offrait à lui qui allait peut-être lui permettre de rapporter au commissaire divisionnaire le résultat rapide qu'il espérait.

Comme le vieux ronfleur d'à côté l'avait lui-même admis, il y avait dans le baag une personne plus âgée. Une femme. Comment s'appelait-elle ? Elle habitait le Bloc B. Ça, il s'en souvenait.

Ah, oui... Oui, c'était Mrs Vacha. Et quand le vieux avait déclaré qu'elle oubliait tout, il y avait dans sa voix comme de la jalousie. Qui sait ? Mrs Vacha était peut-être sa rivale en tant que gardien des traditions et mémoire de la colonie. Oui, c'était possible. Parfaitement possible. En tout cas, il valait certainement la peine d'aller la voir.

Il bondit sur ses pieds.

Son bras avait frôlé le conteur endormi, yeux clos, tête ballante, mains décharnées sur le pommeau de sa canne. Durant quelques instants, le vieil homme oscilla d'avant en arrière, menaçant de basculer. Mais son sommeil n'en parut en rien altéré, et il retrouva son assiette sans même avoir ouvert un œil.

C'est donc qu'il dormait pour de bon après tout. Mais quelle importance ? Le vieux et ses souvenirs n'étaient plus essentiels. Selon toute vraisemblance, une autre source d'informations attendait, tout aussi bonne sinon meilleure.

Malgré la chaleur toujours accablante, il courut à travers la cour, esquivant de justesse un joueur de cricket qui s'était élancé après la balle. Une fois dans l'entrée du Bloc B, ruisselant de sueur, il vit avec soulagement un écriteau portant le nom des locataires. *Mr et Mrs D. Vacha* habitaient au troisième.

Au fond de l'entrée, où régnait une pénombre relativement fraîche, il avisa un ascenseur. Vers lequel il se précipita.

L'ascenseur est momentanément hors d'usage. Ces mots étaient tracés d'une encre pâle sur un bout de carton racorni qui semblait accroché depuis toujours à la porte grillagée.

Avec un soupir, il se dirigea vers l'ombre encore plus dense de la cage d'escalier. La montée lui parut d'autant plus pénible qu'à chaque marche fondait davantage son espoir de trouver en Mrs Vacha quelqu'un qui, plus fiable que son premier informateur, garderait en tête le souvenir précis des faits qu'il cherchait. Car une autre montée, beaucoup plus longue, lui était malgré lui revenue en mémoire : celle qui, dans l'immeuble Marzban, l'avait conduit quelques semaines plus tôt jusqu'à l'appartement de Dolly Daruwala. Ce qu'il avait vécu alors avait porté un coup fatal à l'édifice de ses croyances. Et maintenant, maintenant, qu'est-ce qui l'attendait ?

Arrivé au deuxième, il s'arrêta. Moins pour respirer que pour essayer de chasser ses noirs pressentiments. Des pressentiments sans fondement, il se le dit et se le répéta. Comme il se dit et se répéta que de nourrir de sombres pensées ne l'amènerait à rien.

Enfin, il réunit son courage et attaqua la dernière volée d'escaliers. Sur l'une des portes du troisième étage, une plaque annonçait encore *Mr et Mrs Vacha*, mais il avait idée que Mr Vacha devait être mort depuis longtemps.

Sur le côté de la porte, il y avait un bouton de sonnette. Il y mit le doigt et pressa.

Le long silence qui répondit l'amena d'abord à croire que sa chance avait tourné court et que, malgré son grand âge, Mrs Vacha était sortie. Cependant, comme il se préparait à partir après avoir compté jusqu'à cent — l'appartement ne pouvait pas être très grand — puis encore une fois jusqu'à cent — juste au cas où —, il entendit de l'autre côté de la porte le laborieux slap-slap de quelqu'un qui traînait ses chappals avec une lenteur d'escargot. Il se composa un air sympathique et attendit.

A l'intérieur, il entendit le verrou tiré au ralenti, grinçant, grinçotant. Puis il y eut une nouvelle attente. Prolongée. Durant laquelle Ghote imagina Mrs Vacha : infiniment vieille, une ombre à peine rattachée à la terre, contrainte de se reposer après le moindre geste.

Son expression de sympathie se renforça d'elle-même au point qu'il avait le sentiment que son visage allait craquer.

La porte s'ouvrit enfin.

La femme qui se tenait sur le seuil était énorme. Elle était certes vieille, et même très vieille. Mais il semblait qu'elle eût consacré toutes les années de sa longue existence à s'arrondir couche après couche. Son corps était un monstrueux ballon emmailloté de blanc — couleur à laquelle les Parsis de la vieille génération donnaient souvent la préférence — jusqu'au mathoobanoo qui lui couvrait la tête et sanglait le bourrelet de graisse où sombrait son menton. De l'immense lune craquelée qu'évoquait son visage jaillissait çà et là une touffe de poils blancs.

Une bouffée d'eau de cologne assaillit Ghote.

Cependant, il nota avec satisfaction que les yeux qui le regardaient luisaient d'intelligence.

« Madame, dit-il, s'apercevant soudain qu'il n'avait pas mis à profit la longue attente qu'il venait de subir pour trouver une excuse à son intrusion. Madame, je... je... »

Puis il songea que le mieux était peut-être de dire la vérité.

« Madame, mon nom est Ghote. Je suis inspecteur de police et j'enquête sur quelqu'un qui a passé ici sa jeunesse : Freddy Kersasp.

— Firdaus. »

Il lui fallut un moment pour comprendre ce qu'elle voulait dire.

« Ah oui, oui, c'est ça, Firdaus Kersasp. Mais on l'appelle aussi Freddy.

— Entrez. »

Il se demanda si c'était en raison de son grand âge ou

de son énormité que Mrs Vacha semblait ne pouvoir prononcer plus d'un mot à la fois. Peut-être ne serait-ce pas facile d'obtenir d'elle confirmation qu'un meurtre, ou un décès suivant un vol, avait eu lieu dans le secteur alors que Freddy Kersasp ne devait pas être plus qu'un adolescent. Et que Freddy, ou Firdaus, n'était pas étranger à l'affaire, même si, à l'époque, la police ne s'en était pas prise à lui.

Mais Mrs Vacha avait entrepris de faire pivoter sa monstrueuse personne dans le but de lui laisser le passage, et il remit ses questions à plus tard. Enfin, ayant achevé son demi-tour, elle commença à avancer du pas lourd et chancelant d'un buffle arrivé au terme de ses jours. Slap-slap, faisaient doucement ses chappals chaque fois qu'elle déplaçait un pied. Non sans inquiétude, Ghote lui emboîta le pas.

« Pouah ! »

Le mot s'était échappé du ballon progressant précautionneusement devant lui comme une minuscule explosion.

Il en éprouva un regain d'espoir. Pourquoi une telle interjection, sinon pour résumer le souvenir que lui avait laissé Freddy Kersasp ?

Cette interprétation fut d'ailleurs confirmée quand, passant devant la porte ouverte de la cuisine — comment faisait-elle pour tenir dans un si petit endroit ? —, la masse tremblotante qui le précédait lâcha un autre monosyllabe :

« Porc. »

Qualificatif qui lui-même fut bientôt suivi de deux mots d'explication :

« Remarques obscènes.

— Fred... Firdaus Kersasp faisait des remarques obscènes ?

— Toujours. »

Était-ce tout ce que Mrs Nath, le nouvel Inspecteur des Nuisances, avait eu à brandir contre le propriétaire de *Gup Shup* ? Certainement pas. Mais comment savoir si le jeune Firdaus avait fait pire ? Comment savoir s'il avait dépouillé de son bas de laine le vieux Topiwala, le marchand de santal ?

Mrs Vacha avait maintenant réussi à introduire sa trémulante obésité dans la salle de séjour. Entrant sur ses talons, Ghote découvrit une pièce encombrée de plus d'armoires, de caisses et de coffres qu'il n'en put compter, tous couverts de poussière et fermés par un solide cadenas. Sur ce qu'on pouvait voir des murs étaient accrochées des photos lourdement encadrées d'anciens notables parsis, visages graves et grosses moustaches, coiffés du même pugree que les deux personnages peints à l'huile qu'il avait remarqués chez Mr Z. R. Mistry.

A la pensée de son rendez-vous d'alors et de ses conséquences, il fut assailli par une nouvelle vague de désespoir. Le monde était plein, semblait-il, de chantage et de maîtres chanteurs exploitant froidement leur prochain. Et lui-même était l'un d'entre eux, menaçant le serrurier musulman pour qu'il lui fasse les clés qui lui permettent d'entrer dans l'appartement de Dolly Daruwala, et même déjà lorsqu'il était enfant — quelque chose qu'il avait jusque récemment réussi à effacer de sa mémoire —, promettant de rapporter le vol de crayon d'Adik Desmukh.

Ah ça, il allait trouver autre chose que le chantage pour éliminer de la circulation le propriétaire de *Gup Shup* ! Quelque chose qui ne soit pas contaminé par ce virus !

« Mrs Vacha, attaqua-t-il soudain, n'y a-t-il rien de

plus honteux que des remarques obscènes à reprocher à Firdaus Kersasp ? N'aurait-il pas, il y a longtemps, trempé dans une affaire beaucoup plus grave : la mort de Mr Topiwala ?

— C'était lui — c'était Firdaus. »

Prononcer ces quelques mots avait suffi à mettre la vieille femme hors d'haleine. Mais Ghote se garda de lui montrer la moindre commisération.

« Vous accusez Firdaus Kersasp d'avoir jadis causé la mort de Mr Topiwala, c'est bien ça ? insista-t-il sans lui laisser le temps de se remettre.

— Tout le monde le sait.

— Mais Firdaus Kersasp n'a pas été appréhendé. Est-ce qu'on l'a même interrogé ?

— Interrogé et interrogé. Mais les policiers sont des imbéciles. »

Ghote décida de ne pas relever.

« Si on l'a interrogé et relâché, reprit-il, c'est qu'on n'a rien trouvé contre lui ?

— C'est pourtant lui qui a fait le coup. »

Après cette franche accusation, la vieille parut complètement épuisée. Haletante, elle regarda autour d'elle, fit un pas chancelant en arrière et laissa tomber son énorme masse emmaillotée de blanc dans un vaste fauteuil qui couina lamentablement sous l'effet du choc.

Un instant, Ghote se demanda s'il n'était pas allé un peu trop loin dans la férocité. Mais dans la face lunaire, striée de rides, il vit que les yeux noirs de la vieille dame n'avaient rien perdu de leur éclat ni de leur vivacité.

« Vous l'accusez, vous l'accusez, insista-t-il sans ménagement, mais si sa culpabilité était si évidente, on l'aurait jeté en prison, non ? »

Mrs Vacha resta un moment sans rien dire. Elle devait reprendre haleine, songea Ghote. Sous le mathoobanoo blanc, les yeux noirs brillaient tranquillement.

Elle répondit enfin :

« Tout le monde disait... rôdait autour de cet appartement. A réclamer de l'argent. Connaissant...

— Connaissant quoi. Quoi ?

— Le vice secret de Mr Topiwala. »

Ghote décida qu'il en savait assez. Il n'importait guère de connaître la nature du vice que feu Mr Topiwala s'employait à cacher. Il lui suffisait de savoir que Freddy Kersasp s'en servait pour le faire chanter. A moins que Mrs Vacha ne divaguât complètement, il était clair que le jeune Freddy savait que le marchand de santal gardait de l'argent chez lui. Il en avait usé et abusé. Et le jour où Mr Topiwala s'était rebellé et l'avait envoyé au diable — comme le duc de Wellington — il avait décidé de le voler.

Oui, tout cela se tenait. Mais pourquoi la police s'était-elle contentée de l'interroger ?

Voilà un point qu'il faudrait éclaircir.

« Madame, dit-il, vous m'avez été très-très utile. Mais est-ce que je peux encore vous demander quelque chose ? Vous vous souvenez de l'année où ont eu lieu le vol et la mort de Mr Topiwala ?

— Mariage, souffla la vieille du fond de son fauteuil.

— Mariage ? Qu'est-ce qu'un mariage vient faire ici ? Qu'est-ce que le mariage a à faire avec la mort de Mr Topiwala ? »

Il était brusquement furieux. Furieux et consterné. Pourquoi fallait-il que tout s'embrouille au moment même où il avait le sentiment qu'il commençait à y voir clair ?

Cependant, Mrs Vacha désignait sans mot dire l'une

des photographies accrochées aux murs. Une petite photo isolée entre deux hautes armoires cadenassées.

Toujours en proie à la consternation, Ghote resta un moment à la regarder tendre avec effort son gros bras tremblotant en direction du mur avant de se décider à aller y voir de plus près.

Il passa la tête entre les deux armoires et comprit presque immédiatement. Il s'agissait d'une photographie de mariage. A côté d'un mari déjà vieux et tout parcheminé, on reconnaissait nettement Mrs Vacha, bien qu'elle eût à peine la moitié de sa taille actuelle. Mais ce n'était pas pour lui faire voir à quoi elle ressemblait lorsqu'elle était plus jeune qu'elle avait attiré son attention sur la photo. C'était en raison de la date, écrite sur le cadre en petites lettres dorées. Une date de mai, trente-sept ans plus tôt.

Ce devait être l'année où avait eu lieu le vol de Mr Topiwala. Si Mrs Vacha s'était mariée à cette époque-là, elle ne pouvait pas l'avoir oublié.

« Merci, madame. Merci beaucoup. Vous avez été cent pour cent utile. Je vous en prie, ne prenez pas la peine de me reconduire. Je trouverai le chemin. »

Tout guilleret, Ghote sortit à tâtons de l'appartement et dévala les escaliers.

Les craintes qu'il avait éprouvées en montant s'étaient révélées ridicules. Lui qui était prêt alors à subir un nouvel échec s'en repartait avec un renseignement qui permettait tous les espoirs.

D'un pas vif malgré la chaleur accumulée de l'après-midi, il gagna le commissariat local qui, il y a des années, devait s'être occupé d'enquêter sur le vol de Zarina Baag. Il y arriva tout poisseux de transpiration — ancienne et nouvelle — et se présenta à l'officier de service. Il voulait se renseigner sur une affaire datant de trente-sept ans. Est-ce que leurs archives remontaient jusque-là ?

« Oh là, oui, inspecteur, rien n'est jamais sorti de nos archives. Allez-y, fouillez, faites comme chez vous. »

La vue de la salle des archives — une longue pièce sombre qu'éclairait à peine une rangée de petites fenêtres percées à hauteur de plafond, puant le renfermé au point qu'on pouvait tout juste respirer — doucha d'un coup son enthousiasme. Au vrai, il fut tenté d'abandonner ses recherches avant de les avoir commencées.

Mais quelque part parmi les paquets de dossiers entreposés sur les rayons courant le long des murs et sur les étagères aménagées au centre de la pièce, il devait se trouver un registre où il était question de la mort de Mr Topiwala.

Cette pensée ranima le courage de Ghote. Si, dans les rapports de police quotidiens, il trouvait quelque chose dont on puisse se servir maintenant encore contre Freddy Kersasp, toute sa peine serait justifiée. L'odieux maître chanteur ne venait-il pas d'acculer à la mort Ramesh Deswani ? N'avait-il pas passé sa vie à semer le désespoir autour de lui ?

Lorsqu'il se fut rendu compte que, par chance, les dossiers étaient plus ou moins classés par ordre chronologique, Ghote n'eut pas besoin de plus d'une demi-heure pour trouver l'année qui l'intéressait. Mais lorsqu'il prit sur l'étagère le lourd paquet de documents, il vit que ceux-ci s'émiettaient dans ses bras.

Les termites, songea-t-il. Les archives sont envahies de termites.

Il posa rapidement le paquet par terre, et, s'asseyant en tailleur à côté, il entreprit de défaire le ruban, décoloré par l'âge, qui les tenait attachés.

Il ne s'était pas trompé. Les dossiers partaient en morceaux dès qu'il tentait de les ouvrir. Au bout de quelques minutes, il se trouva comme constellé de pétales. Sur les feuilles demeurées plus ou moins intactes, on pouvait suivre le chemin tortueux tracé par les termites. Ici et là, des chiures marquaient de minuscules taches sombres le papier depuis longtemps bruni.

Il éternua violemment trois fois coup sur coup.

Même la couverture des registres courants qu'il trouva dans la pile — ils étaient d'un format différent de ceux dont il avait l'habitude, mais il les repéra tout de suite — avait, constata-t-il, été minée par les impitoyables mandibules.

Le découragement l'accabla une fois de plus. Se trouver en même temps si près et si loin du but !

Mais la pile n'était pas terminée. Pinçant le nez, serrant les lèvres, il reprit sa fouille. Et tomba sur un nouveau registre. Qui tomba en morceaux au moment même où il souleva la couverture. Par acquit de conscience, il chercha néanmoins encore parmi le monceau de débris pour voir s'il n'en restait pas un. Eh oui, il restait un registre portant la date de l'année dans laquelle il s'était tant réjoui de se plonger. Mais la moitié du livre au moins était en poudre. Avec d'infinies précautions, il feuilleta les fragments de pages qui avaient survécu, l'œil à l'affût des mots « Zarina Baag » ou « Topiwala ». Il arriva au bout sans avoir rien trouvé.

Il se remit péniblement debout, les cuisses endolories d'avoir eu trop longtemps les jambes croisées. Et c'est alors qu'il l'aperçut. Au fond de la pile de documents qu'avaient ravagés les termites se trouvait un dernier registre courant de cette lointaine époque. En raison peut-être de sa position particulière, il semblait même avoir été plus ou moins épargné par les voraces petites mâchoires.

Sans plus penser à ses muscles douloureux, Ghote s'agenouilla.

Oui, le registre était pratiquement intact, et la date correspondait. Il l'ouvrit.

Tout de suite, il vit que la première affaire dont il traitait était celle de Zarina Baag. Le nom de Topiwala apparaissait à maintes reprises.

Triomphant, Ghote mit le mince volume sous le bras — à l'intérieur, il ne restait que les duplicata ; les pages originales et les feuilles de carbone avaient depuis longtemps disparu — et gagna la salle principale du commissariat, où, avec un mot d'excuse, il s'installa à un coin de la table et se mit à lire avidement.

Il ne tarda pas à éprouver une vive admiration pour l'officier qui avait enquêté sur l'affaire — un certain inspecteur V. P. Lavande. Il était d'une conscience exemplaire. Contrairement à tant d'officiers qui, aujourd'hui, prennent prétexte d'un excès de travail pour négliger le règlement, il n'avait pas laissé passer un jour sans faire un rapport. Son écriture était d'une clarté remarquable, et il avait pressé avec une telle application que même les doubles étaient demeurés parfaitement lisibles.

Puis Ghote tomba sur quelque chose de beaucoup mieux que le nom de Topiwala : le nom de Firdaus Kersasp. Après seulement quelques jours d'enquête, l'inspecteur Lavande semblait avoir eu vent d'un certain rapport entre le jeune Firdaus et le « vice secret » de Mr Topiwala. Comme Ghote, il avait par décence jugé superflu d'approfondir la question de ce vice.

Mais au premier soupçon, il avait convoqué Firdaus Kersasp au commissariat pour l'interroger.

Son rapport d'interrogatoire n'était pas moins méticuleux que le reste de ses notes. Après en avoir parcouru la première page, Ghote comprit qu'il l'avait transcrit presque mot pour mot.

Cette fois, il allait à coup sûr découvrir quelque chose. Quelque chose qui, même s'il lui fallait des années, lui permettrait d'épingler Freddy Kersasp, propriétaire de *Gup Shup*, pour le crime de Zarina Baag.

Mais comment se faisait-il qu'à l'époque, l'inspecteur Lavande, pourtant exemplaire, n'ait pas réussi à coincer son suspect ?

Il ne fut pas long à trouver la réponse. Pratiquement dès le début de l'interrogatoire de l'inspecteur Lavande, Freddy — ou Firdaus, comme on l'appelait alors — Kersasp s'était montré agressivement soucieux de ne pas avoir à retarder son départ pour « études supérieures » en Angleterre. Apparemment, il avait payé son billet de bateau — à l'époque, il n'était pas question d'avion — bien avant le vol de Mr Topiwala. Ce n'était donc pas grâce à ce vol qu'il avait obtenu l'argent nécessaire au voyage. Ni, semblait-il, en faisant chanter l'ancien marchand de santal, ainsi que le voulait la rumeur à Zarina Baag. D'après les notes méticuleuses de l'inspecteur, Mr Topiwala faisait quotidiennement le compte de sa fortune, et dans ses registres n'apparaissait nulle part la déduction d'une somme importante : sa nourriture et autres menus besoins constituaient ses seules dépenses, et cela, même en remontant jusqu'à l'époque où Freddy Kersasp était simple écolier, ainsi que l'inspecteur Lavande avait eu soin de le vérifier.

Ghote se résigna donc à admettre que Freddy

Kersasp n'en était venu que plus tard à pratiquer le chantage.

Du reste, il se souvenait parfaitement que, selon les renseignements que lui-même avait pris, le propriétaire de *Gup Shup* aimait à évoquer ses jeunes années en Angleterre, où il prétendait avoir réuni les fonds nécessaires au lancement de son magazine. A l'époque, il avait expliqué que ses parents avaient emprunté l'argent du voyage, et l'inspecteur Lavande avait poussé le scrupule jusqu'à en demander confirmation au père du jeune Firdaus, modeste comptable dans un centre commercial. Et c'est par lui qu'il avait appris que les Kersasp avaient donné une petite fête d'adieu pour leur fils avant même le vol Topiwala.

De tout cela, l'inspecteur Lavande avait conclu que ses soupçons touchant Firdaus Kersasp ne conduisaient nulle part. Et malgré lui, Ghote dut lui donner raison.

Une fois de plus la piste tournait court.

Demain — aujourd'hui, il se faisait déjà tard — il essayerait encore de cuisiner Shiv Chand pour lui arracher un autre nom parmi ceux qui avaient payé pour paraître dans *Indiens de mérite et de distinction.* Mais s'il restait une maigre chance de ce côté-là, il y avait toujours le risque que Shiv Chand le branche sur un personnage influent qui espérait en toute innocence figurer dans le prestigieux ouvrage annoncé. S'il tombait sur quelqu'un de ce genre et lui laissait entendre que sa conduite donnait prise au chantage, il serait — il prononça les mots à voix haute — dans de beaux draps.

Luttant de son mieux contre la déprime qu'il sentait menacer du fait de la stérilité de ses efforts, il prit le chemin de la maison. Peut-être que le lendemain, fouillant dans sa mémoire, Shiv Chand lui fournirait le témoin idéal, quelqu'un qui accepterait d'emblée de paraître à la barre dans le rôle de Shri X. Ou peut-être que Freddy Kersasp, averti de ce qui se tramait, déciderait qu'assez était assez et que le moment était venu pour lui de partir pour toujours en Amérique. Peut-être. Peut-être.

Mais peut-être aussi allait-il trouver à sa porte le bigleux Ranchod, main tendue pour obtenir ses cent roupies. La dernière fois qu'il était venu, il s'en fallait de plusieurs jours que le mois ne soit écoulé, et dans sa demande, il s'était montré encore plus pressant qu'avant.

Mais heureusement, personne ne l'attendait. Il frappa à la porte comme il en avait l'habitude et entendit presque aussitôt Protima tirer le verrou.

Ah, le confort de la maison ! Une douche qui le débarrasserait de sa sueur et de la saleté des termites, s'asseoir et se détendre — il demanderait à Protima de lui masser les pieds —, sentir l'odeur délicieuse des épices tandis que le repas du soir finissait de mijoter, que pouvait-on rêver de mieux ?

« Il y a du nouveau », annonça Protima à peine la porte ouverte.

A sa mine réjouie, il comprit qu'il s'agissait d'une bonne nouvelle. Tant mieux. Il ne se sentait pas en état d'apprendre quoi que ce fût de désagréable.

« Ah bon ? fit-il. Et qu'est-ce que c'est ?

— C'est Ved. Il a acheté son ordinateur. »

La nouvelle suscita en lui des émotions contradictoires. D'un côté, voyant Protima si ravie, il aurait voulu partager sa joie. Mais il était surtout inquiet. Comment le garçon s'était-il procuré tant d'argent ? Et cet ordinateur, l'avait-il acheté légalement, auprès de Vision Radio et Computer Service ? Ou bien au marché noir, à un des vendeurs installés sur le trottoir de Flora

Fountain ? Et puis il était contrarié que Ved ait un tel appareil. Un appareil tellement moderne, et tellement exotique.

Au fond, il était même un peu jaloux. Comment son petit Ved pouvait-il comprendre quoi que ce soit aux ordinateurs alors que lui savait tout juste qu'ils existaient ? Sans doute pouvaient-ils être utiles, mais à ses yeux, ils appartenaient avant tout au domaine de l'inconnu. Et voilà que son fils — son fils — se sentait si à l'aise avec eux qu'il en avait acheté un.

Ved avait acheté un ordinateur alors même qu'il lui avait dit qu'il ne voulait plus entendre prononcer ce mot.

Dans sa perplexité, il était non seulement resté muet, mais immobile. Ne serait-ce que pour ne pas laisser voir à Protima combien sa nouvelle l'avait bouleversé, il se décida à entrer.

« Alors, alors, crâna-t-il, on me fait voir le nouveau venu ? »

Ved apparut sur le seuil de sa chambre.

« Tu l'as chez toi ? demanda Ghote. Tu le veux rien que pour toi ?

— Non, dadaji.

— On aura droit à le partager en famille, alors ? Et cette pauvre vieille télévision sera reléguée à la cuisine, cent pour cent en disgrâce ?

— Non, non, dadaji. L'ordinateur marche avec l'écran de la télévision. »

Ghote sentit l'agacement prendre le pas sur ses autres émotions.

Il n'avait rien compris, d'accord. Mais comment aurait-il pu savoir qu'un ordinateur pouvait se brancher sur la télévision ? Était-il tout à coup censé être expert en électronique ? Et encore, si l'électronique était bien ce qu'il pensait !

« Parfait, parfait, grinça-t-il d'un ton sarcastique, comme ça plus personne ne pourra regarder la télé, hein ? Ta mère devra renoncer à son Mahabharata du dimanche matin — une émission si sainte qu'elle se sent obligée de prendre un bain avant ? Et ton pauvre papa devra affronter le monde sans savoir ce qui s'y passe parce qu'on ne pourra plus regarder les informations ?

— Non, dadaji, non.

— Je suis heureux de l'entendre. »

Toujours debout sur le pas de sa porte, Ved avait du moins le bon goût de se montrer penaud. Il frottait le côté de son pied nu par terre.

« L'ordinateur n'est pas là, dit-il. Pas encore.

— Non ? Quand est-ce qu'il arrive ? Quand est-ce que cet appartement sera devenu un temple du XXIe siècle ? »

Ved eut l'air encore plus gêné.

« Il faut d'abord que je paye », marmonna-t-il.

Ce qui fit éclater la fureur mal contenue de Ghote.

« Ah, c'est comme ça que tu crois m'avoir ! explosa-t-il. Tu veux me faire accepter ta sale machine en disant qu'elle est déjà achetée, et tu n'as même pas versé une roupie. C'est du chantage, mon petit. Ni plus ni moins que du chantage. Et ça va te coûter cher. Je vais te donner une leçon que tu n'es pas près d'oublier.

— Mariji », entendit-il faiblement protester Protima.

Mais sa colère, dont il savait qu'elle venait pour beaucoup des frustrations de sa journée et de tous les ennuis qui l'assaillaient depuis sa rencontre avec Mr Z. R. Mistry, n'était pas du genre qu'on apaise par un mot.

Fulminant, il regarda autour de lui en quête de quelque chose avec quoi il puisse administrer à Ved une correction comme il n'en avait jamais reçue. Et il avisa les sandales que le garçon avait quittées en entrant dans sa chambre. A grandes enjambées furibardes, il s'avança pour en prendre une.

Mais alors, tandis qu'il se baissait pour l'attraper, un petit mécanisme joua dans sa tête et il eut comme une illumination.

Je vais apprendre à ce gamin à mettre la charrue devant les bœufs, se disait-il dans sa colère. Et brusquement, il comprit que, quelques heures plus tôt, il était tombé sur un autre cas du même genre. Firdaus Kersasp. Firdaus Kersasp avait raconté à tout le monde qu'il avait réservé son billet pour l'Angleterre longtemps avant le vol des économies de Mr Topiwala. Bien sûr. Mais parce qu'il avait pris les devants. Lorsqu'il avait fait sa réservation, il savait déjà qu'il commettrait le vol. Peut-être même avait-il réussi à obtenir un prêt pour payer son billet à l'avance. Et plus tard, quand l'inspecteur Lavande l'avait interrogé, il avait convaincu son père de dire que l'argent venait de lui, jurant qu'il était innocent et que l'enquête de la police, si elle retardait son départ, risquait de lui faire perdre sa place dans le collège anglais où il devait poursuivre ses « études supérieures ».

A peine l'avait-il prise en main qu'il lâcha la sandale de Ved.

CHAPITRE 10

Le lendemain matin, Ghote commença par demander une entrevue au commissaire divisionnaire. Quand, près de deux heures plus tard, celui-ci le fit venir dans son bureau, il lui exposa, aussi brièvement que possible, sa théorie sur la manière dont le jeune Firdaus Kersasp s'était en quelque sorte assuré un pré-alibi avant de dépouiller Mr Topiwala, crime qui avait entraîné la mort du vieux marchand de santal.

« Oui, admit le commissaire lorsqu'il eut, un peu hors d'haleine, terminé son histoire. Vous avez peut-être raison, Ghote. Je serais assez tenté de vous croire. Oui, ça me paraît convaincant. Mais il nous en faut plus avant de nous attaquer à Mr Freddy Kersasp. »

Installé derrière son immense bureau, le commissaire divisionnaire se mit à réfléchir.

Ghote resta figé au garde-à-vous pour ne pas le troubler. Enfin, le commissaire reprit la parole :

« Si votre idée est juste, Ghote, alors l'argent avec lequel Kersasp a lancé son odieux journal ne vient pas du magazine qu'il a soi-disant dirigé en Angleterre, mais du vol de ce vieux Parsi. Comment dites-vous qu'il s'appelle ?

— Topiwala, monsieur.

— C'est ça. Ce serait l'argent que Mr Topiwala a gagné avec son commerce de santal. Un commerce florissant, j'en suis sûr. Vous pouvez en penser ce que vous voulez, mais votre Parsi était un sacré homme d'affaires.

— Certainement, monsieur.

— Ça saute aux yeux, voyons. Enfin bref, toute cette salade qu'écrit Freddy Kersasp sur son jeune temps serait pure invention.

— Excusez-moi, monsieur, mais quelle salade ? demanda Ghote.

— Vous ne lisez pas son torchon, inspecteur ?

— Non, monsieur. Jamais, monsieur.

— Ah bon. Mais ma femme... Enfin, il arrive que les domestiques laissent un numéro dans l'appartement. Et il me semble qu'il est de mon devoir d'y jeter un coup d'œil. Non ?

— Bien sûr, monsieur. Certainement.

— Eh bien, Kersasp ne cesse de répéter que pendant son séjour en Angleterre il a lancé je ne sais quel magazine traitant de l'art indien qui a eu un succès du diable. Et il a le culot de prétendre que c'est avec les bénéfices qu'une fois revenu ici il a pu s'occuper de remédier aux maux de la société. Autrement dit, ce qu'il fait, il ne le fait que pour le bien de l'Inde.

— Oui, monsieur.

— Alors il faut absolument le coincer, Ghote. Et je crois que je vois un moyen de le faire. Si notre homme n'a pas fait fortune en Angleterre, comme il le prétend, il doit y avoir moyen de le prouver. Bon sang, si ce magazine n'a jamais existé ou n'était qu'une misérable feuille de chou que personne n'achetait, on pourra le savoir sans difficulté. Je vais faire envoyer un message à

Scotland Yard. Ils vont nous renseigner en un rien de temps. Et quand nous serons certains que toutes ses histoires ne sont que du vent, alors croyez-moi, sa peau ne vaudra plus grand-chose.

— Oui, monsieur. »

Sur un claquement de talons, Ghote quitta le bureau de commissaire divisionnaire. Il n'était pas peu fier de penser que, grâce à quelque chose qu'il avait découvert, la formidable machine de Scotland Yard serait bientôt mise en branle.

La foi du commissaire divisionnaire dans la rapidité de Scotland Yard s'avéra mal placée. Tandis que passaient les jours et les semaines, Ghote se permit ici et là de demander si la réponse était arrivée. Mais il finit par juger plus sage de ne plus en parler.

Différentes affaires où, par bonheur, il n'était pas question de chantage, occupaient tout son temps. Il avait connu un joli succès quand, se rappelant que, chez les Sindhis, la coutume voulait qu'on offre aux hôtes de sa communauté des papads croustillantes et épicées pour accompagner n'importe quelle boisson, il avait compris que les visiteurs qui avaient assassiné un homme d'affaires sindhi devaient eux-mêmes être d'origine sindhie, grâce à quoi il avait réussi à retrouver leur piste et à les arrêter. Par contre, son enquête sur les trafiquants de « brown sugar » qui empoisonnaient Bombay avec leur héroïne mal raffinée n'avait guère avancé.

Mais peu à peu, il se prenait à croire que la sombre période qui avait commencé pour lui après sa visite à Mr Z. R. Mistry appartenait désormais au passé, et que son souvenir même n'allait pas tarder à sombrer dans l'oubli. Du reste, si l'affaire n'avait pas encore été officiellement classée, il était clair que l'inspecteur Singh s'occupait maintenant d'autre chose que du meurtre de Dolly Daruwala.

Pour finir, sans les demandes d'argent de Ranchod, il en aurait presque oublié jusqu'à l'existence du chantage. Cependant, quoique les visites du domestique lui apparussent de plus en plus comme un désagrément faisant partie de la routine de sa vie, elles devenaient toujours plus rapprochées. Après être venu une fois par mois, il se présentait maintenant chaque quinzaine. Et son air ne s'arrangeait pas. Depuis quelque temps, il bavait sans paraître s'en apercevoir, et même son strabisme semblait s'être aggravé.

Mais d'autre part, il sentait maintenant qu'il pouvait se contenter de glisser cinquante roupies dans la main tendue de Ranchod. Une fois même, comme il avait du mal à finir le mois, il ne lui en avait donné que vingt-cinq, devinant à son regard pitoyable qu'il s'en satisferait.

Pourtant, il ne s'était pas encore résolu à lui opposer la réponse du duc de Wellington. La rente qu'il lui faisait restait dans ses moyens. En se privant de certaines gâteries — il avait notamment renoncé à s'acheter des paans à mâcher —, il trouvait l'argent sans difficulté. Et si c'était à ce prix que l'admirable Dr Commissariat pouvait continuer de travailler en paix — les informations télévisées le montraient parfois devant l'un ou l'autre des impressionnants appareils de son nouveau laboratoire —, le sacrifice en valait la peine.

Et puis un jour, environ trois mois après que le commissaire divisionnaire eut envoyé sa demande de renseignements à Scotland Yard, le téléphone sonna dans le bureau de Ghote, et il entendit la voix familière lui ordonner de venir de son habituel ton sec.

« Vous voulez me voir, monsieur ?

— Ah, oui, Ghote. Maintenant, voyons... Ah, oui. Scotland Yard. Ces messieurs sont des as, Ghote. Je le savais, je le savais. On peut toujours compter sur les Anglais.

— Oui, monsieur.

— Oui. »

Le commissaire divisionnaire fouilla dans ses papiers.

« Ah oui, oui. C'est ça. Bref et précis. Bref et précis. Écoutez-moi ça, Ghote.

— Oui, monsieur.

— “ *Pas trace de périodique dont le propriétaire ou directeur aurait été Frederick, ou Firdaus, Kersasp.* ”

— Autrement dit, l'argent avec lequel Mr Kersasp a lancé *Gup Shup* vient du vol de Zarina Baag ?

— Exactement, Ghote. Je vous l'ai dit dès le début. Un drôle d'oiseau, ce Kersasp. Et ça ne date pas d'hier. »

Le commissaire divisionnaire se cala dans son large fauteuil.

« Maintenant, voilà ce que nous allons faire, Ghote. Après toutes ces années, on ne peut guère espérer tirer de ça une affaire qui tienne le coup devant les tribunaux. Nous le savons. Mais Mr Freddy Kersasp, lui, n'a aucune certitude quant à ce que nous pouvons ou ne pouvons pas faire. Alors c'est simple. Nous allons le trouver, et nous mettons nos cartes sur la table. Enfin, pas toutes. Nous lui montrons que nous prenons ses intérêts à cœur. Et nous lui disons : quittez l'Inde pendant qu'il est temps ; bientôt, nous serons forcés de lâcher nos chiens. Ça devrait suffire. »

Probablement, oui, songea Ghote. Ça devrait permettre d'obtenir ce que veut celui qui, là-haut, s'est plaint au préfet : l'élimination de *Gup Shup* et de ses scandaleuses allégations, et la fin des ruineux appels de fonds pour *Indiens de mérite et de distinction.* Mais tout de même, ce n'était rien d'autre que du chantage.

« Oui, Ghote, reprit le Commissaire divisionnaire, ronronnant comme un chat bien nourri. Et comme il faut battre le fer pendant qu'il est chaud, je compte sur vous pour voir Mr Kersasp dans les plus brefs délais. Tout de suite.

— Moi, monsieur ?

— Oui, Ghote, vous. Vous ne voyez pas un commissaire divisionnaire faire ce sale boulot — demander à voir quelqu'un comme Mr Freddy Kersasp, non ?

— Non, monsieur, non.

— Parfait. Alors, au travail. Au travail, Ghote.

— Oui, monsieur. »

Cependant, Ghote prit sur lui de ne pas suivre à la lettre les instructions du commissaire divisionnaire. Il estima que, pour une tâche aussi délicate, et d'une difficulté si alarmante, il était essentiel de choisir le meilleur moment et le meilleur endroit. Ce serait de la folie, par exemple, d'aller à pareille heure dans les bureaux de *Gup Shup* et d'essayer dans cet environnement de... de faire chanter Freddy Kersasp. Il n'y avait pas d'autre mot.

Il commença donc par passer en revue tout ce qu'il avait appris sur le propriétaire de *Gup Shup* par son directeur commercial congédié, attendant toujours d'être jugé pour extorsion en vertu du paragraphe 383 du code pénal indien. Puis, après réflexion, il en arriva à la conclusion que le meilleur moment pour faire ce qu'il avait à faire pourrait bien être la fin de cette même matinée. Car ce jour-là était un mercredi.

Le mercredi, ainsi le voulait la coutume, le Ripon Club servait à l'heure du déjeuner le grand plat parsi : le dhansak. Et tous les mercredis, selon ce qu'avait dit Shiv Chand, Freddy Kersasp quittait les bureaux de *Gup Shup* à midi trente précis pour se rendre au club, où il avait le plaisir à la fois de manger un dhansak et de se montrer dans toute sa gloire à la fine fleur de la communauté parsie.

Le trajet jusqu'au club, il le faisait à pied — « il se pavane comme un roi-empereur », avait hargneusement commenté Shiv Chand. S'il profitait de cette promenade pour l'aborder, Ghote aurait une chance de pouvoir mener sa négociation sans témoin. Maintenant qu'il était promu maître chanteur, il fallait en tout cas qu'il évite l'erreur qu'avait commise Shiv Chand à l'hôtel Taj Mahal.

Le moment venu, il alla donc se poster à deux cents mètres des bureaux de *Gup Shup* et attendit.

Comme l'avait dit Shiv Chand, à midi et demi tapant, Freddy Kersasp fit son apparition. Ghote comprit tout de suite pourquoi le Punjabi avait appliqué l'expression « roi-empereur » à son ancien patron. Indéniablement, Freddy Kersasp était un personnage impressionnant. De la tignasse précocement blanche aux sourcils touffus, de la grosse moustache relevée en pointes à l'estomac avantageux où une large cravate à rayures s'épanouissait sur une chemise blanche, tout, chez lui, proclamait la confiance en soi. Parmi la foule qui se pressait sur le trottoir, rares étaient sans doute ceux qui le remarquaient vraiment. Mais, tenant dans la main comme un sceptre une canne de jonc à pommeau d'argent, il avançait comme si tous les regards étaient braqués sur lui. Oui, il avait quelque chose de royal.

Ghote pensa au commissaire divisionnaire et releva le menton. Ce qu'il faisait, il le faisait sur ordre. Il avait derrière lui l'autorité du préfet en personne. Quand bien même sa mission relevait du chantage — hélas. Et quand bien même il n'obtiendrait aucun soutien si les choses tournaient mal. Cela, il le savait sans avoir besoin de réfléchir.

Le royal personnage arrivait presque à sa hauteur.

En dépit de son appréhension, Ghote s'avança hardiment.

« Excusez-moi. C'est bien Mr Freddy Kersasp ? »

L'autre ne tourna pas la tête. Il n'eut même pas un battement de paupière indiquant qu'il avait conscience que quelqu'un l'avait abordé.

Ghote sentit son cœur flancher. Était-ce ainsi que ce redoutable personnage se débarrassait des intrus — simplement en les ignorant ? Évidemment, quelqu'un qui l'accostait ainsi pouvait être envoyé par une de ses victimes et lui chercher querelle. Alors mieux valait faire semblant de rien. Passer outre. Poursuivre son chemin d'un pas noble pour aller se mettre à l'abri derrière les murs sacrés du Ripon Club, où, parmi ses amis, il n'avait à craindre ni menaces ni supplications.

Et pourtant non. Ce n'était pas cela.

De l'oreille gauche de Freddy Kersasp pendait un cordon noir. Le cordon d'un appareil acoustique. Comme bien des Parsis, il devait être sourd. En tout cas d'une oreille. Et le hasard avait voulu qu'il l'aborde du mauvais côté.

Peu soucieux de sa dignité, Ghote sautilla derrière lui pour recommencer sa manœuvre du côté de la canne à pommeau d'argent.

« Excusez-moi. C'est bien Mr Freddy Kersasp ?

Cette fois, le roi-empereur répondit gracieusement.

« C'est lui, en effet. Que puis-je pour vous, mon cher ? Si vous quêtez pour une bonne œuvre, hélas, tout Bombay sait que j'ai le cœur sensible.

— Non, non, monsieur, il ne s'agit pas de ça.

— Alors que voulez-vous, mon brave ? Je suis un homme très occupé, voyez-vous. Des rendez-vous m'attendent. Eh oui, des rendez-vous. »

Freddy Kersasp, qui avait daigné interrompre un instant sa marche vers le Ripon Club et les délices de son dhansak, reprit sa majestueuse progression. Cependant, après avoir fait quelques pas, il s'arrêta encore et se tourna brusquement vers Ghote, ses sourcils en auvent froncés sous son abondante chevelure blanche.

« J'ignore qui vous êtes, dit-il. Mais si vous entendez vous plaindre de quelque chose que j'aurais pu écrire dans mon journal, je vous avertis que... »

Plutôt qu'à un sceptre, la canne qu'il tenait dans sa main ressemblait maintenant à une arme.

« Non, non, s'empressa de dire Ghote. Du tout, du tout. Je veux vous parler... en ami. »

Freddy Kersasp se remit à avancer.

« En ami et lecteur régulier de *Gup Shup*, mentit encore Ghote. J'admire beaucoup-beaucoup votre rubrique. »

Il n'en fallut pas plus pour décider Freddy Kersasp à faire passer sa canne dans sa main gauche pour lui prendre le bras.

« Cher monsieur, dit-il en haussant le ton comme s'il voulait que tout Bombay entende, un admirateur est toujours bienvenu. Toujours. Vous êtes surpris, je le sens. Vous pensiez que quelqu'un comme moi, un écrivain comme moi, n'avait que faire de l'admiration. Mais non. Non, aussi modeste soit-il, un éloge est toujours bienvenu. »

Ghote ne savait pas comment continuer. L'entretien lui échappait. Mais il pensa une fois encore au commissaire divisionnaire et à ce qu'il attendait de lui. S'il ne l'avait pas cru capable de la mener à bien, il ne lui aurait pas confié une tâche si difficile.

Cependant, tandis qu'il avançait du même pas mesuré que l'auguste Freddy Kersasp, il voyait fondre avec effroi la distance qui les séparait du Ripon Club. Dans peut-être une minute il l'aurait rejoint, et il fallait absolument qu'il évite de donner à ses membres le spectacle d'un officier de police s'adonnant au chantage.

Il se ressaisit.

« Monsieur, fit-il, ce que j'ai à vous dire est cent pour cent urgent.

— Ah, une information. » Freddy Kersasp lui avait aussitôt lâché le bras. « Je n'aurais pourtant pas cru que vous étiez quelqu'un... Mais passons. Je me fais un devoir d'accueillir les informations. Aussi écœurantes soient-elles, aussi révélatrices des maux de notre malheureuse société. Parlez, cher ami, parlez. »

Mais avant que Ghote n'ait eu le temps d'ouvrir la bouche, il l'arrêta d'un geste.

« Attention, dit-il, pas un paisa. Je ne paie pas pour apprendre les horreurs qu'on veut bien me raconter. Si ce que vous me dites en vaut vraiment la peine, il pourra être question d'un petit défraiement. C'est tout. »

Et de reprendre sa marche.

« Parlez, mon cher, parlez. N'ayez pas peur. Ça n'ira pas plus loin. »

La grossièreté tactique du maître chanteur provoqua alors chez Ghote un sursaut de dégoût salutaire.

« Monsieur, dit-il d'une voix tranchante, il ne s'agit pas du tout d'informations pour alimenter votre... »

Il s'abstint de prononcer le qualificatif brutal qui lui venait aux lèvres.

« Ce que j'ai à vous dire, poursuivit-il en laissant

percer dans sa voix une note impérieuse, c'est que vous êtes personnellement en très grand danger.

— En danger ? Mais mon ami, Freddy Kersasp sait faire face au danger. Croyez-vous que ce soit seulement pour la parade que je me promène avec cette canne ? Sachez...

— Non, coupa Ghote, plus qu'à moitié convaincu que c'était bien pour la parade que Freddy Kersasp se promenait avec une canne à pommeau d'argent. Non. Ne croyez pas que quelques coups de canne suffisent à vous protéger du danger que vous courez. Ce que vous risquez, c'est de vous faire arrêter. Et pour un délit qui vous conduira en prison. »

Freddy Kersasp s'arrêta une fois de plus, et Ghote se demanda si son progrès vers le dhansak du mercredi avait déjà été aussi souvent interrompu.

« Mon cher, je ne sais pas ce que vous essayez de me dire, mais sachez-le : Freddy Kersasp ne compte plus les occasions où il a risqué une arrestation ; mais la seule fois où il a été cité en justice, il est ressorti du tribunal triomphalement. Oui, monsieur, triomphalement.

— On vous accusait simplement d'extorsion », répliqua Ghote.

Cette fois, la moustache et les sourcils blancs de Freddy Kersasp parurent un instant se figer sous le coup de la peur.

« Qui êtes-vous ? éructa-t-il.

— Un officier de police, Mr Kersasp. Mais qui est ici en ami, uniquement en ami.

— En ami ?

— Comme je vous le dis, Mr Kersasp. C'est d'ailleurs la raison pour laquelle j'ai voulu vous voir en privé. »

Lentement, Freddy Kersasp remit son bras sous celui de Ghote.

« Cher ami », fit-il. Et de reprendre sa marche, cette fois à pas de tortue, en direction du Ripon Club. « Racontez-moi tout. Vous dites que vous appréciez mes articles de *Gup Shup* ? Est-ce la seule raison pour laquelle vous avez... la bonté de me prévenir ? »

Ghote fut tenté de choisir ce moment pour expliquer à Freddy Kersasp le motif exact qui l'amenait à lui parler de la menace pesant sur lui. Mais il décida que de le laisser encore mijoter un peu ne pouvait pas faire de mal.

« En effet, monsieur, répondit-il. Je n'aimerais pas du tout voir quelqu'un comme vous, d'une aussi grande intelligence, traîné devant les tribunaux pour infraction à l'article 378 du code pénal indien.

— L'article 378 ? Mais qu'est-ce qu'il dit ?

— Il parle de vol, monsieur.

— De vol ? De vol ? » Freddy Kersasp éclata d'un rire fracassant. « Ah, on m'a déjà accusé de bien des choses dans ma vie. Mais je n'aurais jamais pensé me faire traiter de vulgaire voleur. Cher monsieur, je vous remercie d'avoir eu l'amabilité de me prévenir, mais je crois que vous vous trompez de personne.

— Oh non, monsieur.

— Non ? Allons, mon brave, n'insistez pas.

— Pourtant, on va très-très probablement vous accuser d'un vol commis dans la colonie parsie de Zarina Baag il y a environ trente-sept ans. »

Nouvel arrêt. Et nouvelle expression de peur sur le visage altier de Freddy Kersasp — expression qui, cette fois, dura plus d'un instant.

« Qu'est-ce que vous dites ?

— Mr Kersasp, je dis la vérité. Ces dernières

semaines, une enquête approfondie a amené la police à conclure que vous, et vous seul, aviez commis il y a toutes ces années un vol au détriment de Mr Topiwala, de Zarina Baag, et que vous vous étiez peut-être responsable aussi de la mort dudit Mr Topiwala.

— Et comment diable en savez-vous si long ? Quel est votre nom ? Vous vous êtes bien gardé de me le donner.

— Mon nom est Ghote, monsieur. Inspecteur Ghote, de la police criminelle. Mais le responsable de l'enquête dont je vous parle est un de mes collègues, l'inspecteur Arjun Singh. »

Ravi de la présence d'esprit grâce à laquelle il avait mis, comme qui dirait, un Arjun Singh mythique entre lui et son toujours redoutable adversaire, Ghote fit peser sur Freddy Kersasp un regard qui ne cillait pas.

« Inspecteur Ghote, reprit lentement le propriétaire de *Gup Shup*, je vous remercie encore pour l'avertissement que vous avez cru bon de me donner. Mais laissez-moi souligner que ce délit, ce soi-disant délit, a eu lieu il y a près de quarante ans. Et qui plus est, que j'étais alors sur le point d'aller poursuivre des études supérieures au Royaume-Uni, où, soit dit en passant, j'ai connu rapidement un assez beau succès comme propriétaire d'une revue. Rédacteur et propriétaire — mais vous devez le savoir ?

— Monsieur, je sais que vous n'avez connu aucun succès de cet ordre au Royaume-Uni. Scotland Yard vient de nous en informer. »

Freddy Kersasp eut à nouveau l'air alarmé.

« Enfin... enfin... bredouilla-t-il. Vous ne pensez tout de même pas que c'est l'argent de ce vieillard qui m'a permis de partir en Angleterre ? J'avais payé mon billet bien avant que le vol ait lieu.

— Non, monsieur. Cet argument ne tient pas. Vous avez très bien pu emprunter l'argent du billet avec l'intention de rembourser aussitôt après le vol.

— Mais mon père, Khoedai ait son âme...

— Non, monsieur. »

Sa langue apparut sous la belle moustache blanche de Freddy Kersasp, qui se lécha les lèvres.

« Enfin, inspecteur, dit-il lorsqu'il eut retrouvé l'usage de la parole, encore une fois, c'est très gentil à vous de venir me dire tout ça. Mais en réfléchissant, je ne crois pas que le danger soit sérieux. Qui songerait à reprendre des poursuites après si longtemps ? Et puis j'ai des amis, des amis...

— Vous avez aussi des ennemis, monsieur.

— Non, non, mon cher. Freddy Kersasp a parfois dit des vérités qui ne faisaient pas plaisir. Mais c'était nécessaire. Il fallait nettoyer les écuries d'Augias de ce pays — une expression que j'ai eu trop souvent à employer. »

Ghote le regardait.

Il était clair qu'il s'était remis du choc qu'il avait tout d'abord éprouvé en apprenant que cette histoire de vol avait refait surface. Sa tête s'était tournée en direction du Ripon Club, et, nez levé, il paraissait déjà flairer les effluves prometteurs du dhansak.

« Mr Kersasp, il faut me croire, insista-t-il. Vous avez des ennemis. Oui, oui, des ennemis. Et pour être franc à cent pour cent, je vous dirai que, moi-même, je ne suis pas l'ami que j'ai prétendu. Faites comme si j'étais un de ces ennemis. Mais croyez-moi : des tas de gens souhaitent que *Gup Shup* cesse de paraître et que vous débarrassiez l'Inde de votre présence. »

Freddy Kersasp avait oublié la lointaine odeur du dhansak.

« Ma parole, mais c'est du chantage ! s'exclama-t-il. Vous êtes assez immonde pour essayer de me faire chanter.

— Appelez ça comme il vous plaira, rétorqua Ghote, surpris par le titillement de plaisir que lui procurait le jeu qu'il était en train de jouer. Les mots ne changent rien à l'affaire. Mais soyez certain que si *Gup Shup* continue de paraître, l'enquête sur le crime de Zarina Baag va elle aussi continuer. Et je vous promets qu'on saura trouver les preuves nécessaires pour vous envoyer une bonne fois derrière les barreaux. »

Indifférent au flot continu des passants — mendiants et badauds, hommes d'affaires en costumes légers, astrologues, coolies, poissonnières odorantes en saris retroussés de couleurs criardes, hindous, musulmans, chrétiens et Parsis — qui défilaient autour de lui, Freddy Kersasp restait pétrifié au milieu du trottoir. Enfin, il se décida à parler :

« Très bien, inspecteur. Je pratique moi-même ce jeu depuis trop longtemps pour ne pas savoir quand je suis battu. Vous et ceux qui vous donnent des ordres voulez voir les talons de Freddy Kersasp ? C'est ce que vous désirez, non ? Eh bien, je crois que je vais me rendre à vos raisons. »

Il leva une maison vers le cordon noir de son appareil acoustique, comme si de rester ou non en contact avec le monde qui l'entourait n'avait plus maintenant aucune importance. Mais pour finir, ce geste même dut lui paraître vain, et sa main retomba sans force.

Cependant, Ghote n'éprouvait pas la moindre pitié pour cet homme qui, soudain, s'était transformé en vieillard. Loin de là. Un plaisir secret courait dans ses veines.

« Puisqu'il le faut, reprit Freddy Kersasp, incapable

d'endurer plus longtemps le silence de glace qui avait accueilli ses propos, j'irai m'installer à New York ou je ne sais où dès que j'aurai liquidé mes affaires d'ici.

— Non, Mr Kersasp. »

Ghote fut presque surpris de s'entendre dire ces mots. Mais quelque chose en lui avait pris les commandes et demandait à s'exprimer.

« Non, Mr Kersasp, répéta-t-il. Vous allez de ce pas vous rendre à Air India et acheter un billet pour le premier vol disponible. Je téléphonerai moi-même à leurs bureaux à cinq heures précises, et si on ne me confirme pas votre prochain départ, je veillerai à ce que l'enquête aille jusqu'au bout. Jusqu'au bout, Mr Kersasp. »

Sans rien dire, Freddy Kersasp fit demi-tour et s'éloigna, les épaules voûtées, s'appuyant cette fois pour de bon sur sa canne à pommeau d'argent.

Ghote le suivit des yeux, étonné de lui-même. Il l'avait fait chanter. Ayant sur lui un moyen de pression, il en avait tiré le maximum pour lui faire faire exactement ce qu'il voulait. Ou plutôt ce que ses supérieurs voulaient. Mais qu'il ait eu des ordres n'était pas une excuse. Il avait pris plaisir à sa mission. En tout cas à la fin. De voir Freddy Kersasp humilié, brisé, l'avait rempli d'une joie intense. Et qu'il s'agît d'un criminel n'était pas une excuse non plus. Aurait-il eu à sa merci un homme cultivant « bonnes pensées, bonnes paroles et bonnes actions », comme le Dr Commissariat, il se serait délecté de même à le sentir en son pouvoir. A le mettre au supplice.

Il repensa soudain à son vieux camarade de classe Adik Desmukh. Oui, à un certain moment, il avait éprouvé le même plaisir glacial à torturer le grand Adik en menaçant de le dénoncer pour le vol de ce crayon. Et tandis qu'il regardait Freddy Kersasp s'éloigner de son pas de vaincu, il sentait bien que ce plaisir était toujours en lui.

Mais tout de même, il avait fait du bon travail. Il avait réussi son coup. Grâce à lui, Freddy Kersasp allait plier bagage et s'en aller au diable.

CHAPITRE 11

Quand Ghote fut de retour au quartier général pour annoncer au commissaire divisionnaire le succès de sa mission, il s'était arrangé pour repousser dans un coin de son esprit le plaisir malsain qu'il avait éprouvé à faire chanter Freddy Kersasp. Et la satisfaction que montra le commissaire divisionnaire lorsqu'il lui apprit la nouvelle l'emplit d'une euphorie qui ne laissait guère de place à d'autres sentiments. C'est à peine si l'idée l'effleura que la chance avait peut-être joué un rôle dans son triomphe.

Et si Freddy Kersasp avait tenu bon ? se demanda-t-il l'espace d'une seconde. Comment l'aurais-je éliminé — et avec lui, son dangereux magazine ? Je n'aurais tout de même pas pu le tuer. Se débarrasser ainsi d'une vermine, un fléau, un serpent, c'était bon pour le Dr Commissariat.

Mais cette idée ne fit que passer. L'instant d'après il était à nouveau tout au plaisir de ce qu'il avait accompli. Le préfet lui-même avait dit combien il était important de mettre un terme aux activités malfaisantes de Freddy Kersasp. Et sans doute parce que des pressions s'exerçaient de plus haut encore. Pour finir, c'était à lui,

Ganesh Ghote, qu'on avait donné l'ordre d'agir. Et en l'espace de quelques heures, il avait rempli sa mission. Il avait convaincu Freddy Kersasp de s'en aller, de quitter Bombay, de débarrasser l'Inde de sa présence.

Il ne se sentait plus de joie.

Mais il ne tarda pas à revenir sur terre.

Ce même soir, en rentrant chez lui, il trouva Ranchod devant sa porte, tapi dans l'ombre, exactement comme la première fois où il était venu, tout de suite après le meurtre de Dolly Daruwala. Dès qu'il le vit, il comprit que sa visite était plus rapprochée qu'aucune des précédentes.

Cette fois, je vais lui apprendre qui je suis, se dit-il, encore sous le coup de son triomphe. Le Dr Commissariat ne doit plus rien avoir à craindre. L'affaire est vieille de plusieurs mois, maintenant. Arjun Singh s'occupe de tout autre chose. Je vais enfin pouvoir donner à cet individu la réponse exemplaire du duc de Wellington.

Il prit son souffle.

Mais Ranchod, bouche baveuse, sortit de l'ombre et parla avant lui.

« Mille roupies, dit-il. Il me faut mille roupies. »

Ghote n'en crut pas ses oreilles.

« Quoi ? Qu'est-ce que tu dis ? »

Ranchod tendit une main crasseuse — comment se fait-il que Mr Z. R. Mistry tolère un domestique si sale ? se demanda Ghote — et se rapprocha d'un pas. Un nouveau pas de crabe.

« Mille roupies, répéta le bigleux. Donnez-moi mille roupies ou je raconte tout ce que j'ai vu. »

Ghote ne réfléchit pas davantage.

« Non, trancha-t-il. Va au diable, débarrasse le plancher avant que je t'envoie mon pied quelque part ! »

Ranchod lui lança un regard pitoyable — un regard de supplication pitoyable, oui, se dit Ghote après coup — puis, sans un mot, il prit en boitillant la direction de l'escalier.

Ghote resta un moment devant la porte avant de s'annoncer comme il en avait l'habitude.

Est-ce que je ne viens pas de tout flanquer par terre ? se demandait-il tout à coup. Qui dit que cet imbécile ne va pas réellement raconter ce qu'il a vu au poste de police le plus proche ? Qu'est-ce qui me permet d'être aussi sûr que le Dr Commissariat n'a plus rien à craindre ?

Et si un mouvement de colère signifiait la fin du grand homme ? Et la mienne, par la même occasion ? Si, demain, un de mes confrères de la Surveillance venait dans mon bureau me poser toutes sortes de questions auxquelles je ne peux pas répondre ? Si le Dr Commissariat se retrouvait les menottes aux poignets ? Emprisonné ? Jugé ? Et peut-être même pendu ? Est-ce à cela que va aboutir ma réponse à la Wellington ?

Un frisson glacé descendit de sa gorge à son estomac.

Mais il se raisonna. Du temps avait passé. Et il était fort peu probable que Ranchod se décide à aller trouver la police. On imaginait mal un personnage aussi minable convaincre un officier qu'il avait à faire des révélations d'une pareille importance.

Puis, comme dans une illumination, il comprit le pourquoi du comment.

Oui, oui, se dit-il, pour être dans un état si lamentable, bavant, boitant, traînant les pieds, il faut que ce type se drogue — une bonne raison pour ne pas se montrer à la police. Oui, il doit carburer au brown sugar et ne peut plus s'en passer. C'est ce qui explique qu'il vienne mendier ici de plus en plus souvent : il a de plus en plus besoin d'argent.

Un instant, il se demanda s'il devait se mettre à sa poursuite pour lui faire dire où il se fournissait. Ce serait peut-être un moyen d'apprendre quelque chose sur le réseau qui s'était mis en place et inondait les rues de Bombay de brown sugar ?

Mais non, décida-t-il. Un type comme Ranchod devait être à mille lieues des gros bonnets qui organisaient le trafic. Sans doute ne savait-il même pas le nom du revendeur auprès duquel il s'approvisionnait.

Avec un soupir, il se tourna pour frapper à la porte.

Et puis, se dit-il encore en attendant que Protima vienne tirer le verrou, vu l'état où il est, il y a toutes les chances que je retrouve Ranchod ici demain à la même heure.

En quoi il se trompait. Le lendemain, le domestique bigle ne vint pas tendre la main pour obtenir l'argent nécessaire à sa drogue. Ni le surlendemain. Et peu à peu, à mesure que les jours passaient, le bloc de rocher que Ghote sentait menacer dans son esprit depuis qu'il avait vu Dolly Daruwala tomber morte avec un bruit sourd recula dans les brumes de l'oubli.

Après avoir brutalement refusé à Ranchod les invraisemblables mille roupies qu'il lui réclamait, il resta pourtant des semaines à éprouver une vague appréhension à chaque fois qu'il rentrait chez lui. N'allait-il pas le trouver qui l'attendait ? Puis vint un soir où il prit conscience que, depuis deux jours, il avait oublié de se poser la question. Et par la suite, s'il lui arrivait encore occasionnellement de se demander s'il ne serait pas à sa porte, il regardait dans l'ombre où il avait coutume de se dissimuler avec la quasi-certitude qu'il n'y aurait personne.

Pourtant, il avait le sentiment que, pour être tout à fait en paix, il lui fallait revoir une dernière fois le domestique. Et où le revoir sinon chez lui — ou plutôt chez Mr Mistry ? Oui, il faudrait qu'il retourne à l'immeuble Marzban.

Mais cette perspective ne l'enchantait guère. A se retrouver à l'endroit où il avait vécu des événements aussi désagréables, il craignait de retrouver aussi les émotions qui l'avaient déchiré quand, caché sous le lit de Dolly Daruwala, il avait compris qu'il ne ferait rien pour arrêter son assassin. Et le bloc de rocher ressurgirait dans sa conscience, menaçant une fois de plus de l'écraser. En outre, si improbable et ridicule que cela paraisse, est-ce que sa présence là-bas ne risquait pas, même maintenant, de déclencher un processus dont le Dr Commissariat finirait par être la victime ?

Mais toutes ces réflexions ne pouvaient rien contre l'idée qu'il lui fallait revoir Ranchod, et finalement, il se décida à se rendre à l'immeuble Marzban à l'heure qui lui semblait la plus propice, c'est-à-dire dans la soirée, quand le domestique aurait terminé son travail et serait le plus susceptible de sortir.

La chance lui sourit. Pas plus tôt s'était-il caché dans un recoin permettant de surveiller l'entrée — à l'endroit même où, ce soir lointain et pourtant à nouveau si présent, il avait attendu le moment de s'introduire dans l'appartement — qu'il vit Mr Z. R. Mistry lui-même quitter l'immeuble. Il sut tout de suite ce qu'il allait faire. Sonner à la porte et se dissimuler. Lorsque Ranchod viendrait ouvrir, il pourrait le voir sans être vu. S'assurer qu'il ne s'était pas trompé. Que le drôle bavait toujours et donc qu'il se droguait comme il l'avait imaginé. Dès qu'il en aurait le cœur net, il pourrait oublier ses craintes une fois pour toutes.

Il sortit donc de sa cachette et entra dans l'immeuble, sans se soucier cette fois du gardien qui veillait dans le hall. Puis il alla sonner à la porte de Mr Mistry et se précipita comme une flèche à l'autre bout du palier, où les ténèbres les plus noires qu'il pouvait souhaiter le mettaient à l'abri des regards.

Moins de trente secondes plus tard, la porte s'ouvrit. Mais sur quelqu'un qui n'était pas Ranchod. Sur quelqu'un qui, tout en étant très différent de Ranchod, portait cependant l'uniforme blanc d'un domestique.

Ainsi, Ranchod n'était plus au service de Mr Mistry ? Et il ne venait plus réclamer ses roupies. Peut-être était-il mort. Il ne serait pas la première victime de la drogue. Et le brown sugar pouvait tuer très rapidement.

Un instant, il eut le cœur serré. Mais après tout, Ranchod n'était qu'un maître chanteur. Est-ce qu'un maître chanteur méritait la pitié ?

Toujours dissimulé dans l'ombre, Ghote attendit que le domestique eût refermé la porte pour pousser un soupir de soulagement.

Ranchod avait quitté la scène. Il n'entendrait plus parler de lui. Ce cauchemar-là au moins était définitivement terminé.

Comme pour le conforter dans sa paix d'esprit retrouvée, le lendemain même, il se heurta à l'inspecteur Arjun Singh, qu'il avait si longtemps pris soin d'éviter.

« Ghote bhai, lui lança en guise de salut le Sikh débordant d'énergie. Ça fait des lunes qu'on ne vous a vu. Où est-ce que vous vous cachiez ? Je voulais justement vous dire au revoir.

— Au revoir ? » répéta stupidement Ghote, se demandant déjà dans un coin de sa tête si cette rencontre avec le Sikh ne risquait pas de tourner à la catastrophe.

« Oui, mon vieux. Je pars.

— Vous partez ? Vous quittez Bombay ?

— Non, non, bhai. Je ne ferais jamais ça. C'est ici que ça se passe. Mais je change de boulot, et je ne suis pas mécontent. »

Ghote était quelque peu rassuré.

« Qu'est-ce que vous allez faire ? demanda-t-il. Il y a à peine dix minutes que vous êtes entré à la Criminelle.

— Il y a deux ans, bhai. Deux longues années. Le temps passe, non ?

— Oh moi, il y a bien plus longtemps que je suis là ! Mais où est-ce que vous allez travailler ?

— A la Surveillance, bhai. Ce n'est pas si loin. Alors un pas de travers, et je suis là pour vous manger la tête. »

Le grand Sikh éclata d'un rire tonitruant.

Un instant, Ghote fut repris par la crainte que le bigleux Ranchod, qui peut-être n'était pas mort, n'aille un jour raconter ce qu'il avait vu ce fameux soir à l'immeuble Marzban, et que la Surveillance ne vienne lui demander des comptes. Mais aussitôt après, une pensée différente prit le pas sur son inquiétude. Que Singh passe à la Surveillance signifiait qu'il ne poursuivrait plus, comme un lion, le meurtrier de Dolly Daruwala. Si, officiellement, l'affaire était censée suivre son cours, dans la pratique, on la laissait donc gentiment tomber dans l'oubli.

Le souffle court, il serra la patte d'ours que lui tendait le Sikh et lui souhaita bonne chance. Puis il alla se réfugier dans son bureau, où, affalé dans son fauteuil, il s'abandonna un moment aux délices de la contemplation.

Maintenant enfin le Dr Commissariat pourrait se consacrer à sa grande œuvre sans plus avoir à craindre aucune menace — si tant est qu'il se soit jamais su menacé. Et moi aussi, se disait-il, je pourrai m'adonner en toute tranquillité à mon travail, sans avoir à lutter contre la pensée que chaque jour que je passe ici est peut-être le dernier.

Et les jours suivants, l'enterrement de ses derniers doutes fut grandement favorisé par un surcroît de travail. Le préfet, soulagé de ses inquiétudes à propos de *Gup Shup* par le départ de Freddy Kersasp — Ghote avait dû se rendre à l'aéroport de Sahar pour assister à son embarquement —, avait lancé une formidable opération contre la mafia de Bombay, et notamment les trafiquants de drogue. Selon la rumeur qui circulait dans la maison, il avait une revanche à prendre sur l'organisation rivale de la police, le service de Renseignements, qui s'était récemment illustré par la saisie, dans un « magasin avec résidence » de la banlieue de Dadar, de 103 kilos de brown sugar, estimés valoir trente millions de roupies.

Le préfet et son adjoint de la Criminelle, le commissaire divisionnaire, voulaient par-dessus tout mettre fin aux activités d'un roi de la pègre connu sous le nom de « Oncle » ou « Mama » Chiplunkar, qui, du racket et du jeu, s'était depuis peu reconverti dans la distribution du brown sugar. Depuis qu'ils avaient décidé de le coincer, Ghote ne savait plus où donner de la tête.

Les activités de Mama Chiplunkar étaient connues depuis longtemps de la police de Bombay. Mais malgré tous les renseignements qu'on avait recueillis sur sa bande, on n'avait jamais réussi à le mettre derrière les barreaux. Et cela, disait-on, parce que quelqu'un, au sein même du quartier général, le prévenait de ce qui se préparait contre lui.

Le fait est que le roi de la pègre pouvait se promener dans Bombay — il se prétendait « travailleur social » — « la tête haute et en toute impunité », ainsi que le relevait le *Sunday Observer* dans un article hautement critique à l'égard de la police. Récemment, il avait toutefois failli être pris lors d'une rafle dans un bar à bière dirigé par un de ses lieutenants, et c'est peut-être ce qui faisait croire au préfet que son heure était venue.

Ainsi, malgré ou grâce à un surcroît de travail qui le maintenait sur les dents, Ghote avait retrouvé la sérénité. Sérénité à laquelle s'ajoutait la satisfaction de ne plus avoir à payer Ranchod. Ici et là, il se demandait ce qu'il allait faire de l'argent ainsi économisé. Son scooter lui donnait du souci — pauvre vieux, sa jeunesse était passée depuis longtemps — et il laissait voluptueusement germer dans sa tête l'idée de le remplacer et d'arriver à son travail sur un véhicule flambant neuf.

Mais un jour, ce projet se trouva compromis par une autre demande. Une demande imprévue. Il venait de passer douze heures particulièrement pénibles à traquer sans résultat un satellite mineur de Mama Chiplunkar. Pour le commissaire divisionnaire, la moindre piste offrant le moindre espoir devait être exploitée jusqu'au bout. « Ce sont ces gouttes ajoutées une à une qui finissent par conduire au succès », avait-il déclaré.

Rentrant donc chez lui épuisé, il crut déceler chez Protima un certain malaise, une certaine inquiétude. Dans son état de fatigue, il craignait de manquer du tact nécessaire, et il décida de remettre à plus tard le soin d'essayer de découvrir ce qui la travaillait. Mais elle lui épargna cette peine.

Dès qu'il eut fini de manger, revenant de la cuisine où elle avait rapporté son thali, elle plaça devant lui un bout de papier provenant manifestement d'un journal.

« Qu'est-ce que c'est ? demanda-t-il. Il n'y a que des annonces, là-dessus.

— Oui, oui. Lis. Lis celle qui est marquée. »

Non sans un pincement de méfiance, il s'exécuta. Une croix au crayon signalait dans la marge une des petites annonces.

C'était pour un ordinateur. Un ordinateur d'occasion.

Alimentée par la fatigue, sa colère éclata.

« Un ordinateur, un ordinateur, aboya-t-il. Je croyais avoir dit que je ne voulais plus en entendre parler dans cette maison !

— Mais je n'en ai pas parlé, répliqua Protima avec un petit sourire agaçant. Je t'ai simplement montré l'annonce.

— Et qui a fait cette croix ? Qui ? Qui ? Si c'est Ved, je vais... je vais...

— Évidemment que c'est Ved, expliqua Protima. Tu n'imagines tout de même pas que c'est moi ? Mais ce pauvre garçon en a tellement envie, et je viens de tomber sur ce bout de journal.

— Qu'est-ce que j'y peux, s'il en a tellement envie ? Un ordinateur est cent pour cent trop cher, et je n'en veux pas sous mon toit.

— Mais, mariji, ça n'est plus si cher. Regarde le prix marqué dans l'annonce. »

Ghote regarda, mais presque sans voir.

« Ah, grinça-t-il. Et tu crois qu'il me suffit de lever le

petit doigt pour disposer d'une somme pareille ? Je ne suis pas Mr Tata, moi. Je n'ai pas des crores et des lakhs de roupies à jeter par la fenêtre.

— Mariji, il ne s'agit pas de crores et de lakhs. Il s'agit de trois mille roupies. C'est une somme, d'accord. Mais peut-être qu'on pourrait les trouver. Et le petit est si gentil. Depuis que tu lui as dit de ne plus en parler, il n'a pas essayé une seule fois de revenir sur le sujet. Et... et...

— Oui ? Et quoi ? Quoi encore ?

— Et je pense que ce serait très-très bon pour lui d'avoir un de ces appareils. Et de pouvoir apprendre à s'en servir. Il est tout le temps en train de piocher sa physique. Tout ça pourrait lui faire une belle carrière. »

Pendant de longues, longues secondes, Ghote resta les yeux fixés sur le bout de papier qu'il avait devant lui. Puis il découvrit qu'il pensait avec amertume au nouveau scooter — il avait repéré un Bajaj à 16 000 roupies — qu'il avait secrètement rêvé d'acheter. Et du coup, son attitude changea. Il comprit qu'il n'aurait pas le cœur de s'offrir quelque chose qui n'était pas absolument indispensable et de refuser à Ved un objet bien moins cher qui représentait tant pour lui.

Et c'est vrai, le garçon était si gentil. Depuis qu'il avait failli prendre une râclée, il n'avait plus jamais recommencé son chantage. Évidemment, il y avait peut-être un peu de ruse, un peu de chalak, dans la façon dont il s'y était pris pour que sa mère tombe sur la petite annonce qu'il avait relevée, mais cela ne faisait que souligner l'importance qu'il attachait à cet instrument de l'avenir. De l'avenir. Oui, ce ne serait pas si mal d'avoir un fils ingénieur en informatique...

« On verra », grommela-t-il.

Puis, une fois au lit, il entreprit de faire une espèce de

bilan. D'abord, il évalua combien il économisait en ne payant pas Ranchod. Ensuite, il entreprit de calculer ce qui manquait pour atteindre les 3 000 roupies nécessaires à l'achat de l'ordinateur d'occasion. Mais il n'avait pas encore terminé son compte quand le sommeil le gagna.

Et le lendemain matin, il découvrit que c'était en pure perte qu'il avait fait toute cette arithmétique mentale.

Il partit de bonne heure au travail. Bien rangé sur le bord de la route, il s'efforça de mettre en marche son scooter, plus récalcitrant que jamais, en pressant d'un pied toujours plus agressif sur le démarreur. Puis, comme le moteur venait d'émettre une double détonation avant de retomber dans le silence, une voix dit derrière lui :

« Il vous en faudrait un neuf. »

Il ressentit un pincement de fureur, fureur d'autant plus amère que sa décision de renoncer à s'acheter un nouveau véhicule était encore toute fraîche.

Quel était ce malotru qui se mêlait de ses affaires ?

Il se retourna.

Et reconnut le personnage. Un homme qu'il n'avait jamais rencontré, mais qu'on avait eu soin de lui montrer de loin. Mama Chiplunkar.

Il ne pouvait y avoir d'erreur. C'était un gros gaillard joufflu, vêtu d'un pyjama et d'une kurta de soie crème, dont les cheveux clairsemés étaient soigneusement plaqués sur le crâne. Il souriait de toutes ses dents, un éventail de grandes dents tachées de rouge à force de mastiquer le paan, et qui brillaient dans le clair soleil du matin.

Ghote fit des yeux ronds. Qu'est-ce que cet individu mijotait ? Que venait faire ici ce truand, ce criminel qui, dans ses préoccupations officielles, avait désormais remplacé le redoutable Freddy Kersasp ?

« Mais... mais, bégaya-t-il. C'est Mama Chiplunkar. Mama Chiplunkar. »

Mama Chiplunkar sourit de plus belle.

« Je suis si content que vous me connaissiez, dit-il. Parce qu'il y a une affaire dont je voudrais discuter avec vous.

— Une affaire ? Une affaire ? Je ne vois pas de quelle affaire nous pourrions discuter ensemble ?

— Eh bien, inspecteur, expliqua sans la moindre gêne le toujours souriant Chiplunkar, c'est une affaire que vous pourriez qualifier de chantage. »

CHAPITRE 12

La stupeur foudroya Ghote, qui recula involontairement d'un pas. Derrière lui, son scooter bascula. Il n'y prit pas garde.

Faisant front au puissant chef de bande, il lança : « Qu'est-ce que vous dites ? Vous voulez me faire chanter ? »

Un sourire rayonnant fendit d'une oreille à l'autre le visage mafflu de Mama Chiplunkar.

« Exactement, inspecteur, répliqua-t-il. Vous comprenez, si je vous dis ce que j'attends de vous, vous allez protester “ *Oh, mais c'est du chantage.* ” Alors pourquoi ne pas employer le mot tout de suite ? Pour vous, ce sera du chantage. Pour moi, il s'agit d'un marché. »

Ghote se redressa.

« Eh bien, moi, je vais vous dire, chantage ou marché, il n'est pas question que j'entre dans vos combines.

— Mais, inspecteurji, expliqua calmement Mama Chiplunkar, vous n'avez pas le choix.

— Si, je l'ai. Et je choisis de vous dire non. »

Mama Chiplunkar dodelina de la tête d'un air attendri.

« Non, non, inspecteur. Je ne me serais pas donné la peine de me lever si tôt pour venir vous trouver à votre domicile si je n'avais été certain de votre consentement.

— Tout le monde peut se tromper. Vous aurez perdu votre temps, c'est tout. »

Mais l'imperturbable assurance du magnat du brown sugar avait ébranlé la confiance de Ghote, dont la dernière réplique sentait déjà fortement la fanfaronnade.

Qu'est-ce que ce type pouvait bien savoir sur lui qui le rende si sûr qu'il allait céder au chantage ? Dans sa vie, grâce à Dieu, il n'y avait rien qui...

Et puis il pensa au Dr Commissariat.

Mais comment Mama Chiplunkar aurait-il pu être au courant de ce qui s'était passé chez Dolly Daruwala durant ces terribles minutes ? Même Ranchod n'avait pu qu'imaginer que quelqu'un se trouvait dans l'appartement au moment du meurtre, quelqu'un que lui-même protégeait. Non, il n'y avait rien, rien qui puisse donner prise sur lui à ce salaud.

Un nouveau grand sourire en fer à cheval éclaira le visage de Mama Chiplunkar.

« Inspecteur, dit-il, je pense qu'un nom vous suffira : Ranchod. »

Ghote comprit tout de suite que, aussi invraisemblable que cela paraisse, le domestique de Mr Z. R. Mistry avait avant sa mort, ou du moins sa disparition, entretenu certaines relations avec le roi de la pègre. Et pire, pire, qu'il devait l'avoir informé de ce qu'il avait vu dans l'escalier de l'immeuble Marzban le soir où le Dr Commissariat avait éliminé la vermine, le fléau, le serpent qu'était Dolly Daruwala.

Mais, bien qu'il sentît que la situation était désespérée, il essaya de faire l'innocent.

« Ranchod, Ranchod, bredouilla-t-il. C'est un nom très courant. Je ne vois pas ce que...

— Allons, inspecteur, je suis là pour parler affaires. Tâchez de ne pas l'oublier.

— Mais... je ne connais pas de Ranchod. »

Mama Chiplunkar soupira.

« Pourtant, un certain Ranchod, alors domestique dans un somptueux appartement de l'immeuble Marzban, à Malabar Hills, vous a rendu régulièrement visite pendant des mois. Et à chacune de ses visites, vous lui avez remis cent roupies. »

Ghote sentit comme un vent glacé lui enlever les lambeaux d'espoir auxquels il s'accrochait.

« Et... Qu'est-ce que vous voulez ? s'entendit-il demander.

— Voilà qui est beaucoup-beaucoup mieux, approuva Mama Chiplunkar. Maintenant, nous allons pouvoir en venir à notre marché. »

Il n'y a pas deux minutes, je lui disais qu'il n'était pas question que j'entre dans ses combines, songea Ghote. Et me voilà comme un lâche, prêt à l'écouter. Mais que faire d'autre, étant donné ce qu'il sait ?

« Pour commencer, je vais vous dire à quoi vous aurez droit, poursuivit tranquillement Mama Chiplunkar. En affaires, il faut savoir à quoi s'en tenir, non ? »

Et il s'interrompit, comme s'il attendait une approbation de la part de Ghote.

« Oui, oui, fit-il. Continuez.

— Bien, je vois que vous êtes quelqu'un de raisonnable. Comme je l'espérais. »

Ces mots allumèrent chez Ghote une flambée de révolte — qui ne fut bientôt plus qu'une modeste étincelle.

« Mais laissez-moi vous expliquer », poursuivit le

chef de bande, jetant un rapide coup d'œil du côté de la rue, qui commençait à s'animer. « Ce Ranchod adorait les cartes. Mais comme un crétin, il perdait, il perdait — je le sais parce qu'il jouait avec des amis à moi. Et, perdant beaucoup d'argent, il s'est mis à fumer du charas pour oublier tous ses soucis. Comme un crétin. Puis le charas ne lui suffisant plus, il s'est mis au brown sugar. Et par chance, il s'est alors trouvé un petit revenu supplémentaire... »

Il se pencha et enfonça un index boudiné dans les côtes de Ghote.

« Et avec ce petit revenu supplémentaire, qu'est-ce qu'il a fait ? Comme un crétin, il a augmenté ses doses. Le brown sugar, on y prend vite goût, hein, inspecteur ? »

Ghote comprit qu'il devait acquiescer, ne fût-ce que par un signe de tête. Mais ce signe de tête lui fit mal. Très mal.

« Alors on en prend toujours plus. Et c'est comme ça que cet imbécile de Ranchod a eu besoin de plus en plus d'argent. Et quand celui qui lui assurait son revenu d'appoint a tout à coup dit macache, qu'est-ce qui s'est passé ? Il s'est trouvé en manque. Oui, inspecteur. Vous avez déjà vu un drogué qui n'a pas sa dose ? »

Ghote pensa aux drogués en manque que le hasard avait parfois mis sur sa route : tremblant, grelottant, bavant, vomissant, tordus de douleur.

« Oui, grogna-t-il.

— Alors le malheureux, qu'est-ce qu'il pouvait faire sinon venir vers moi, un travailleur social que toute la ville connaît ? »

Mama Chiplunkar avait remis son sourire en place.

« Il est donc venu me trouver, et il m'a raconté tous ses malheurs. Toute sa vie. Tout. Il m'a parlé d'un certain soir à l'immeuble Marzban, et d'un officier de police qui avait un gros-gros secret. Et moi, par bonté de cœur, je l'ai gardé chez moi — enfin, dans un endroit à moi. Je ne pouvais tout de même pas le mettre à la rue dans son état de manque, non ? »

Le sourire disparut comme une lampe qu'on éteint.

« Alors à vous, qu'est-ce qu'il vous faut, inspecteur ? Il vous faut le silence. Et c'est au silence que vous aurez droit en échange de ce que moi, j'ai à vous demander. Et qui est très simple. Voyez-vous, il y a seulement quelques semaines, un de mes très-très bons amis est mort, inspecteur, un de vos collègues, mais pas d'un rang aussi élevé. Un simple commis, mais si bon pour moi qu'il me filait ici et là un renseignement très utile. Vous comprenez ? »

Oui, Ghote comprenait que l'homme dont parlait Mama Chiplunkar était l'informateur qu'on le soupçonnait d'avoir à la police. Et que si, dernièrement, le truand avait failli se faire prendre lors de la rafle au bar à bière, c'est parce que son informateur était mort.

Il voyait bien de qui il s'agissait : un bon gros agent, avec trois galons d'ancienneté sur la manche, qui avait fini par se trouver une planque dans les bureaux du quartier général. Un brave type un peu balourd. Un père tranquille. Toujours en train de parler d'ordre, de se plaindre de « la nouvelle génération ».

Et c'était lui l'informateur, le goinda qui prévenait Mama Chiplunkar de ce qui se préparait contre lui. Jusqu'au jour où on l'avait trouvé mort au milieu des dossiers qu'il s'occupait de classer. La soudaineté de l'événement avait suscité un certain émoi, mais guère de sympathie. Alors comme ça, pendant tout ce temps...

Et sa pensée suivant cahin-caha son chemin capricieux, il en vint à comprendre ce que Mama Chiplunkar attendait de lui : qu'il succède au défunt dans le rôle d'informateur.

« Non, explosa-t-il. Non, non. Je ne peux pas. Je ne veux pas. »

Mama Chiplunkar gloussa.

« Oui, oui. C'est ce qu'on m'a dit que vous diriez. Mais il faut réfléchir, voyons. Je vous propose un marché. Donnant, donnant. C'est simple. Tout le monde fait ça, inspecteur. »

Il prit l'air grave.

« J'ai compris très vite, dit-il, à peine débarqué de mon village du Konkan, quand je me suis mis à travailler dans les docks, ici, à Bombay, portant, suant, peinant comme une bête, profitant tout juste ici et là d'une caisse qui s'écrasait pour piquer un truc ou deux que je revendais en douce. Et un jour j'ai compris comment se faisaient les affaires. Je vais vous raconter ça. »

Il s'arrêta pour jeter un nouveau regard en direction de la rue.

« Dans les docks, reprit-il, un politicien venait faire sa campagne. C'était les élections. J'avais ce qu'il voulait. Un vote. Mais lui, tout ce qu'il avait à offrir, c'est une promesse d'augmentation. Et ça faisait déjà un bout de temps qu'on ne m'avait plus avec des promesses. A moi, il me fallait des roupies. Alors j'ai discuté avec le type. Et j'ai obtenu ce que je voulais. Vous vous demandez comment ? Eh bien je vais vous le dire. Des voix, je pouvais lui en assurer cent, deux cents. Parce que je savais quoi donner en échange à mes collègues. Pas d'accidents de travail. Pas de têtes fracassées sur les pavés des docks — bang, bang, bang —, vous comprenez ? C'est comme ça que j'ai passé mon premier contrat. Avec eux, et avec ce politicien.

Vous le connaissez sûrement, mais je ne vous dirai pas son nom. Il faut savoir être discret, hein ? »

Oui, songea Ghote, je le connais certainement. Et je connais aussi la méthode. Mais ce n'est pas une raison pour céder à Mama Chiplunkar. Je vais lui montrer ce que c'est que d'avoir de la dignité

« Écoutez... » commença-t-il.

Mais l'autre parut ne pas entendre.

« Inspecteur, poursuivit-il, depuis ce jour-là, je sais comment ça marche. Vous avez besoin de quelque chose que je peux vous offrir ? J'ai besoin de quelque chose que vous pouvez m'offrir ? Eh bien, on conclut un marché.

— Non, s'écria Ghote. Non, n'essayez pas de faire passer vos manigances pour un honnête marché. Avec moi en tout cas, ça ne prend pas. »

Mama Chiplunkar dodelina du chef d'un air de douce réprobation.

« Voyons, inspecteurji, quoi de plus honnête qu'un échange de bons procédés, où chacun trouve son compte ? Allons, mettons-nous d'accord et serrons-nous la main.

— Que je vous serre la main, à vous, un maître chanteur, un... un serpent ? Jamais. Ça, jamais. »

Pas une seconde Mama Chiplunkar ne se départit du sourire découvrant l'éventail taché de ses dents.

« Si vous ne voulez pas me serrer la main, tant pis, dit-il. Pourvu que le marché soit conclu.

— Jamais. Vous m'entendez ? Jamais. »

Un rire gras secoua les bajoues du chef de bande.

« On en reparlera demain, dit-il. Ici, à la même heure. Je suis sûr qu'alors nous nous mettrons d'accord. Avec ou sans poignée de main. »

Et il s'en alla. D'un peu plus loin, une Ambassador

noire bien astiquée remonta la rue dans sa direction. Une des voitures de ce salopard, songea Ghote plein d'amertume.

Cependant, Mama Chiplunkar s'était retourné et lançait :

« Vous pourriez aussi y gagner un nouveau scooter. »

Écœuré, Ghote se pencha pour redresser la capricieuse machine qui gisait dans le caniveau depuis le début de sa discussion avec le truand. Il l'enfourcha sans réfléchir, et sans réfléchir, il pressa du pied sur le démarreur. Le moteur se mit en marche aussitôt.

Ce matin-là, il ne travailla guère. Il aurait dû, il le savait, se remettre en chasse pour tenter d'attraper ce satellite de Mama Chiplunkar en qui le commissaire divisionnaire voyait une de ces gouttes conduisant au succès.

Mais à quoi bon, se disait-il. Si jamais je le prends et que j'arrive à lui faire dire où et comment coincer son maître la main dans le sac, avec du brown sugar sur lui, je serai censé prévenir Chiplunkar. Et si je ne le fais pas, Chiplunkar va forcer Ranchod à parler, Arjun Singh ou l'un de ses collègues de la Surveillance va venir m'interroger, et le Dr Commissariat sera perdu.

Non, c'était impossible. Pour lui, même si c'était la fin de tout ce qu'il avait toujours considéré comme son but dans la vie, ce serait encore supportable — il l'accepterait tant bien que mal comme un coup du destin. Mais le cas du Dr Commissariat était entièrement différent. S'il était arrêté pour le meurtre de Dolly Daruwala, lui qui était la bonté même passerait soudain aux yeux de tous pour le dernier des hypocrites, le pire des imposteurs. La grande œuvre qu'il avait entreprise pour aider des millions de pauvres serait vouée à la ruine. Tout ce qu'il avait fait de bien serait tourné en dérision.

Non, il ne fallait pas. Il ne fallait pas.

Mais comment l'éviter ? Comment ?

Les heures passaient. Plusieurs fois, il eut conscience que son planton entrait dans le bureau et le regardait d'un air inquiet avant de ressortir. A deux reprises, il avait même déposé des papiers sur la pile de courrier en attente. Mais c'est à peine s'il l'avait vu. Et puis à un certain moment, une tasse de thé était apparue sur son bureau. L'avait-il payée ? Il ne savait plus.

L'après-midi, il s'efforça pourtant de se ressaisir. Après tout, il lui restait jusqu'au lendemain matin pour prendre une décision. Il pourrait essayer de mettre ce délai à profit. Et d'oublier momentanément que, quelque solution qu'il choisisse, elle le conduirait vers un gouffre.

Planté devant la fenêtre de son bureau, insensible au soleil, il se força à se remémorer où l'avait mené sa poursuite de la veille à la recherche du comparse de Mama Chiplunkar. Enfin, comme en rêve, ses activités du jour précédent lui revinrent en mémoire. Et il se rappela que, la journée terminée, il avait décidé que le prochain endroit qu'il visiterait serait le Beauty Bar. Oui, le Beauty Bar.

Sur quoi il fut repris de doutes. A quoi bon poursuivre ses recherches si leur succès même signifiait le début de la fin ?

Pourtant, il se mit en route. Il ne voyait pas ce qu'il aurait pu faire d'autre que de continuer son travail. Mais alors qu'il était à mi-chemin du bar, un repaire d'ivrognes enfoui dans les profondeurs d'un immeuble de Nagandas Master Road, il s'arrêta sur le trottoir au milieu de la foule des passants. N'y aurait-il pas quelqu'un à qui il puisse parler de ce dilemme dans lequel il se trouvait pris ? Protima, peut-être ? Il trouverait chez elle toute la sympathie qu'il pouvait souhaiter. Mais la sympathie n'était pas suffisante. Ce qu'il lui fallait, c'était une solution. Or il n'y avait pas de solution.

Et puis il n'était pas possible de parler de son secret à l'un ou l'autre de ses collègues. Il le chargerait de son fardeau sans se trouver allégé pour autant. Qu'il lui conseille de tenir tête à Mama Chiplunkar ou de céder à son chantage ne ferait aucune différence. La seule différence serait qu'ils seraient deux, désormais, à partager le piège qui s'était refermé sur lui alors qu'il était caché sous le lit de Dolly Daruwala.

Et par quelle malchance incroyable, songeait-il, des larmes dans les yeux. Si, ce soir-là, Mr Mistry avait donné congé à Ranchod pour qu'il ne soit pas au courant de la visite de Burjor Pipewalla, et que Ranchod, avec sa passion du jeu, soit allé quelque part faire une partie de cartes... Ou s'il était simplement resté endormi quand le Dr Commissariat avait passé à côté de lui dans l'escalier... Alors il n'en serait pas là. De même qu'il n'en serait pas là s'il n'avait pas eu la stupidité de s'annoncer comme l' « inspecteur Ghote » la première fois qu'il s'était rendu chez Mr Mistry — jamais Ranchod n'aurait su qui était l'homme qu'il avait vu descendre l'escalier quelques minutes après avoir été réveillé par le Dr Commissariat. Il n'y aurait eu personne pour le faire chanter. Ni Ranchod ni Mama Chiplunkar.

Mais inutile d'accuser la chance d'être toujours du mauvais côté, inutile d'imaginer ce qui ne s'était jamais produit. Le fait est qu'il se trouvait devant une alternative impossible, et que, quelle que soit la décision qu'il prenne, il lui faudrait en assumer les conséquences.

Il pouvait défier Mama Chiplunkar, et sous peu, il serait ignominieusement chassé du service qui représentait toute sa vie, du moins professionnelle, et verrait jeter en prison, comme n'importe quel criminel, le bon Dr Commissariat. Ou alors il pouvait se soumettre, et devrait être prêt à chaque instant à trahir tout ce en quoi il avait cru depuis qu'il était entré à la Criminelle comme sous-inspecteur à l'essai.

Un instant, le désespoir lui fit envisager la seule échappatoire qui semblait lui rester : quitter pour de bon une vie qui se révélait invivable. Mais il savait que cette solution n'était pas possible. Au fond de lui, il y avait une flamme qu'il n'avait pas le pouvoir d'éteindre. Ce qui le retenait, ce n'était pas tellement la pensée de Protima, ni même de Ved et de l'avenir qui s'offrait à lui, avec ou sans ordinateur. L'idée qu'ils avaient besoin de lui avait son importance, bien sûr. Mais ce qui lui rendait le suicide simplement impossible, il le savait, c'était le sentiment que rien, même pas les arguments incontournables de Mama Chiplunkar, ne pouvait tuer tout à fait l'espoir qui demeurait en lui.

Mais pour l'instant, cet espoir paraissait irréel.

Le secret que Ranchod avait découvert par hasard était devenu la propriété de Mama Chiplunkar. Un homme qui en connaissait toute la valeur. Un homme qui, sans l'ombre d'un scrupule, avait décidé de s'en servir pour obtenir ce qu'il voulait. De ce côté, il n'y avait pas d'espoir.

Il était piégé. Piégé. Et demain, à la première heure, Mama Chiplunkar serait là pour le harceler. Il lui faudrait choisir. Choisir entre la disgrâce et le déshonneur.

Il se força à revenir au présent et continua sa route vers le Beauty Bar. Mais celui qu'il cherchait n'y était pas.

Tant pis. Ou tant mieux.

CHAPITRE 13

Le lendemain, le scooter de Ghote partit du premier coup. Il le maudit.

Il avait pris la précaution de sortir assez tôt pour être dehors quand Mama Chiplunkar arriverait — et il ne doutait pas qu'il viendrait. Dans sa tête, le trafiquant devait, comme la veille, le trouver en train de s'acharner sur le démarreur de son scooter. Et maintenant, le moteur de la vieille machine hoquetait si bruyamment qu'il était manifestement impossible d'échanger deux mots à proximité sans être obligé de crier.

Non qu'il sût ce qu'il allait dire. Il avait passé la nuit entre l'état de veille et la somnolence, à se retourner et à s'agiter, reconnaissant toutefois que Protima parût particulièrement bien dormir. Elle avait le chic pour poser les questions mêmes auxquelles il souhaitait le moins répondre. Le soir d'avant, il avait d'ailleurs eu soin de rester à l'écart, téléphonant depuis le bureau pour dire qu'une affaire le retenait. Mais ni ses réflexions de la nuit ni la gymnastique mentale à laquelle il s'était alors livré tout en faisant semblant de travailler ne lui avaient apporté un début de réponse quant à ce qu'il allait dire au magnat du brown sugar.

Et pour la bonne raison qu'il n'y avait pas de réponse.

Cependant, dans la fraîcheur du petit matin, alors que, sur le trottoir, des gens dormaient encore, Ghote vit déboucher l'Ambassador noire de Mama Chiplunkar. La voiture s'arrêta à une centaine de mètres de son scooter, toujours agité de sursauts fébriles. Mama Chiplunkar en sortit, donna des ordres à son chauffeur et remonta la rue.

Qu'allait-il lui dire ? Il ne le savait pas mieux que le matin précédent, lorsqu'il le regardait s'éloigner et que le moteur de son engin s'était tout à coup mis en marche.

« Bonjour, inspecteur. Ça va mieux, aujourd'hui. Vous êtes prêt à parler affaires, oui ?

— Ouais », grogna Ghote. Qu'aurait-il pu dire d'autre ?

« Parfait, parfait. Alors vous êtes d'accord ? »

Voilà, ça y est, se dit Ghote, c'est le moment de me jeter à l'eau. Finis les faux-fuyants, les tergiversations. C'est maintenant ou jamais. Il faut que je donne une réponse. Maintenant. Maintenant, c'est soit *Allez au diable*, soit *Très bien, Chiplunkar sahib, vous ne me laissez pas le choix.*

« Très bien, Chiplunkar sahib, vous ne me laissez pas le choix. »

Il avait l'impression que ce n'était pas lui qui avait prononcé ces mots — et assez fort pour couvrir les bruyantes pétarades de son scooter. Ils avaient été dits comme par un autre Ghote debout là dans son pantalon de coton et la chemise à carreaux rouge et bleue que Protima avait repassée pour lui la veille au soir. Les paroles avaient été prononcées. Le choix était fait.

« Et maintenant, est-ce qu'on va se serrer la main, inspecteur ? »

Un instant, Ghote faillit se soumettre à cette dernière humiliation. Il avait déjà tant perdu. Il pouvait perdre encore ce qui lui restait de fierté quant à une profession qu'il avait toujours rêvé d'exercer et dont il n'avait cessé d'être fier depuis le jour de son premier rapport à l'école de Police.

Mais une lointaine sonnette d'alarme résonna dans sa tête. Il regarda en direction de la voiture de Mama Chiplunkar. Oui, il se pouvait bien que le chauffeur observe ce que faisait son patron. Il y aurait un témoin à cet accord entre un inspecteur de police et un roi de la pègre. Et désormais, il n'était plus question pour lui d'agir à la légère : il avait un triste secret à cacher.

« Non, dit-il. Contentez-vous de savoir que j'accepte.

— Comme vous voudrez, inspecteur, comme vous voudrez. Pourvu que vous m'avertissiez quand ce sera nécessaire. Tenez-vous au courant de ce qui se prépare contre moi, ne l'oubliez pas. Et dès qu'il se passe quelque chose, faites-le-moi savoir. »

Il jeta un rapide coup d'œil alentour.

« Maintenant, poursuivit-il, je vais vous donner un numéro de téléphone. Secret-secret. Si vous avez quoi que ce soit à me dire, appelez immédiatement le 4520775. Si je ne suis pas là, il y aura quelqu'un en qui j'ai toute confiance. De nuit comme de jour. Alors appelez. Souvenez-vous : le 4520775. C'est bon ? Vous le savez par cœur ?

— Oui, répondit Ghote. Je n'oublierai pas. »

Il avait l'impression que cette suite de chiffres, dont il savait déjà qu'il ne pourrait jamais les chasser de son esprit, s'y était imprimée comme un sceau. Le sceau de sa trahison.

Ce jour-là, il avait à mettre en ordre les papiers ayant trait à la comparution de Shiv Chand devant le tribunal qui devait le juger pour extorsion, en vertu de l'article 383 du code pénal indien. Cette tâche venait au bon moment. S'il passait la journée dans son bureau à vérifier toutes les déclarations et à s'assurer que ses deux panchs, le vieux Parsi, Mr Framrose, et le jeune employé municipal, étaient prêts à se présenter à la barre, alors il était peu probable qu'il apprenne quoi que ce soit sur une éventuelle opération contre Mama Chiplunkar. Il pourrait tenir sa part du contrat sans avoir à se mouiller.

Mais ce ne serait qu'un répit, et très bref, il le savait. Demain, il n'aurait plus l'excuse de son travail pour rester à l'abri de la porte qui le protégeait de ses collègues n'ayant rien de particulier à lui dire. Et puis Mama Chiplunkar attendait de lui qu'il s'informe activement de tout ce qui le concernait. S'il venait à être pris dans une rafle dont il ne l'aurait pas prévenu, son premier soin serait de se venger. Il tirerait Ranchod de l'endroit où il le gardait prisonnier pour qu'il témoigne avoir vu un officier de la Criminelle laisser partir un meurtrier sans rien tenter pour l'arrêter. Et alors gare à ses confrères de la Surveillance !

La paperasserie touchant l'affaire Shiv Chand n'était toutefois pas à ce point absorbante qu'elle accaparât toute son attention. Loin de là. Son esprit ne cessait de revenir au matin de sa première rencontre avec Mama Chiplunkar. Aurait-il dû alors agir différemment ? Y aller de la fière réponse du duc de Wellington ?

Mais peut-être n'était-ce pas trop tard ? Ne pouvait-il maintenant aller trouver le commissaire divisionnaire pour le mettre au courant des manœuvres de Mama

Chiplunkar ? Il n'aurait pas besoin de lui dire que, pendant quelques heures, il avait cédé au chantage. Si la question venait un jour sur le tapis, il nierait cent pour cent. Ce serait sa parole contre celle d'un criminel notoire.

Pourtant non, ce n'était pas possible. Parler au commissaire divisionnaire signifiait lui dire ce dont se servait Mama Chiplunkar pour le faire chanter. Et ce serait trahir le Dr Commissariat.

Non, devant la redoutable alternative qui s'était présentée à lui, il avait choisi la solution qu'il avait choisie — il n'y avait pas à revenir là-dessus.

Mais même maintenant, il ne savait trop pourquoi il avait fait ce choix. Peut-être, songeait-il, avançant une timide tentacule vers ce qui semblait un roc sûr, parce qu'elle offrait tout de même un vague espoir. Elle signifiait du moins que la catastrophe n'était pas pour tout de suite. Peut-être allait-il se produire quelque chose qui, d'une quelconque manière... Tandis que s'il avait opté pour le *Publiez et allez au diable* si cher à son cœur, il aurait peut-être déjà sur le dos Arjun Singh ou l'un de ses collègues de la Surveillance.

La journée arriva enfin à son terme. En ce qui le concernait, tout était prêt pour le procès de Shiv Chand, jusqu'au moindre détail.

Et pour tout dire, il avait fait du sacré bon boulot. S'il arrivait qu'il doive démissionner, soit pour avoir laissé s'enfuir un meurtrier, soit pour avoir servi d'informateur à un criminel recherché, son remplaçant ne trouverait pas la plus petite erreur dans son travail.

Il quitta le quartier général presque comme un fuyard. Il maudit et maudit son scooter à cause de ses difficultés à démarrer, et lorsqu'il réussit enfin à le mettre en marche, il partit vers la grille avec des coups d'œil coupables à droite et à gauche pour s'assurer qu'aucun collègue nouvellement affecté à l'opération contre Chiplunkar ne risquait de l'arrêter pour discuter de l'affaire.

Au moins, se disait-il, tandis que sa bringuebalante et crachotante machine l'emmenait vers la maison, au moins, je n'ai pas accepté un nouveau scooter comme pot-de-vin. Si Mama Chiplunkar était revenu avec sa proposition quand j'ai acquiescé à son plan pourri, je l'aurais envoyé sur les roses. De ce côté-là au moins, je n'ai rien à me reprocher.

Mais un jour de grâce n'était qu'un jour de grâce — c'est avec cette sombre pensée au fond de son esprit qu'il arriva chez lui. Et comme il se tenait devant la porte, s'apprêtant à frapper, il se surprit à regarder dans le coin obscur où Ranchod avait l'habitude de l'attendre lors de ses visites mensuelles. Si seulement il avait été là, main tendue, louchant et bavant ! N'avoir qu'à lui donner ses cent roupies et pouvoir l'oublier jusqu'à la prochaine fois. Cette transaction si souvent répétée lui apparaissait aujourd'hui presque comme un plaisir. Elle avait été le signe tangible qu'il poursuivait ce qu'il avait entrepris de faire lorsqu'il était volontairement resté caché sous le lit de Dolly Daruwala avec son meurtrier à deux pas de lui. Elle avait été la confirmation de sa décision de protéger un homme réellement bon. Un homme activement bon, même si sa bonté s'était exprimée par la suppression d'un autre être. Car cet être était indiscutablement une vermine, un fléau, un serpent. En dépit de tous les articles et paragraphes du code pénal indien, l'homme n'avait rien fait là que ce qui était juste.

Oui, le chantage de Ranchod avait eu quelque chose de rassurant. Alors qu'il n'y avait rien de rassurant à se trouver sous la coupe de Mama Chiplunkar.

Avec un effort de volonté qui couvrit son front d'une pellicule de sueur, il se décida à toquer à sa porte, derrière laquelle il allait lui falloir garder enfoui au plus profond de lui-même le secret du dilemme où il se trouvait.

Mais une fois à l'intérieur, aucun effort de volonté ne parvint à lui faire adopter un comportement naturel. Il réussit tout juste à s'arracher quelques brèves réponses aux questions de sa femme et de son fils. Et lorsqu'il remarqua que Protima, consciente de son état, ne se retenait qu'à grand-peine de lui en demander la raison, il s'en trouva encore renforcé dans sa décision de rester silencieux.

Il ne put toutefois s'empêcher de remarquer que Ved errait comme une âme en peine au lieu d'être comme à l'ordinaire plongé dans ses bouquins. Tout à ses noires pensées, il fut pourtant long à faire le rapport entre cette attitude et le stratagème de la coupure de journal. Puis il comprit que Ved devait savoir qu'il avait marché. Ou du moins que son père avait été mis au courant de l'existence de l'ordinateur d'occasion.

Mais qu'avait-il au juste dit à Protima quand elle lui avait montré la petite annonce ? Il était incapable de s'en souvenir. Toute cette histoire lui paraissait s'être produite dans un lointain passé, dans un autre monde. Mais son esprit tâtonnant lui disait qu'il n'avait sûrement pas donné un assentiment sans réserve. Pas plus qu'il n'avait opposé un refus catégorique.

Sa réponse devait avoir permis à Protima de croire qu'il finirait par se laisser convaincre. Et Protima devait l'avoir dit à Ved. Elle le lui avait probablement dit quand Mama Chiplunkar était venu le trouver pour la première fois. En outre, s'il se donnait la peine d'y réfléchir, il était clair que l'affaire devait présenter une certaine urgence. D'un moment à l'autre, quelque part à Bombay, un autre garçon pouvait réussir à convaincre son père de ne pas laisser passer une si belle occasion. Une occasion qui pourrait être la clé d'un avenir doré.

Et à voir Ved, il était évident qu'il était dans les affres de l'incertitude. Il voulait une réponse. En ce moment, il devait lui sembler que sa vie entière dépendait de l'achat de cet ordinateur.

Alors le mieux n'aurait-il pas été de lever la tête et de lui dire qu'il pouvait répondre à sa petite annonce, qu'on allait se débrouiller pour trouver l'argent ?

Mais il ne pouvait pas. Il aurait dû, il le savait. Ou alors, il aurait dû se résoudre à lui dire que la somme dépassait ses moyens, qu'il ne fallait plus y penser. Mais, écrasé sous le poids du chantage dont il était victime, il n'avait plus la force de rien.

Durant un instant de tragique ironie, l'idée lui vint même qu'il lui suffirait d'appeler le 452 07 75 — oh non, il n'avait pas oublié le numéro — et de demander comme supplément pour ses services les 3 000 roupies nécessaires à l'achat de l'ordinateur. Et il eut la satisfaction de se dire que, pas plus pour son fils que pour lui, il n'accepterait un paisa de Mama Chiplunkar.

Mais il n'en restait pas moins sous sa coupe.

Réduit à l'impuissance et à la honte.

Il n'avait même pas l'énergie de s'arracher à son fauteuil pour aller se coucher. Ainsi, il resta à croupir dans son amertume sans desserrer les lèvres sinon pour souhaiter bonne nuit au malheureux Ved quand sa mère l'envoya au lit, puis à Protima elle-même quand, n'y tenant plus, elle déclara que la soirée était trop triste pour qu'elle reste debout plus longtemps. Et ce n'est que bien après minuit qu'il trouva la force de se lever pour aller se mettre au lit.

Le lendemain, comme prévu, il lui fut impossible de demeurer cloîtré dans son bureau. Tandis que ses fonctions l'obligeaient à se déplacer d'un coin à l'autre de la maison, il pensait à chaque pas à ce qu'il était censé faire. Pour ne pas risquer que Mama Chiplunkar ne trahisse son secret, il devait attraper n'importe lequel de ses collègues et mettre la conversation sur ce qui se préparait contre lui. Ce qui d'ailleurs serait des plus faciles. La plupart des hommes de la Criminelle étaient engagés dans l'opération et ne demanderaient qu'à en parler.

Mais il laissa passer mainte occasion avant de se trouver pour ainsi dire coincé. En effet, le hasard voulut que, alors qu'il était aux toilettes, quelqu'un que l'on voyait assez rarement au quartier général vînt se planter devant l'urinoir voisin du sien : le chef de la fanfare de la police, un illuminé pour qui la police de Bombay n'existait que pour que sa fanfare puisse faire de la musique.

« Alors, inspecteur, dit-il en réponse au salut de Ghote, vous aussi, vous faites partie du bataillon qu'on va mettre aux trousses de ce malheureux Chiplunkar ? Imaginez-vous qu'on parle de m'enlever mes hommes pour cette sinistre affaire. Mais oui, et c'est pour ça que je suis ici. Je me suis déjà plaint au préfet que mes gaillards avaient mieux à faire qu'à courir après un petit trafiquant de je ne sais quoi, mais il ne veut rien entendre. »

Ghote comprit qu'il ne pouvait plus reculer. Pour la première fois de sa vie, il allait essayer d'apprendre un secret pour en faire profiter un criminel.

Il avala péniblement avant de demander, la bouche sèche :

« Comme ça, le préfet vous a dit qu'il se préparait une grande rafle ?

— Oh, ce n'est pas pour demain. Je peux même vous dire qu'il ne sait ni où ni quand elle aura lieu. A mon avis, c'est beaucoup de bruit pour pas grand-chose. Rien qu'un caprice, une lubie du préfet, c'est tout. »

Ces mots eurent sur Ghote l'effet d'une pluie rafraîchissante au plus gros de la chaleur précédant la mousson. Il se sentit revivre. Ainsi, rien n'était encore décidé. Il pouvait pour l'instant continuer de vaquer à son travail sans avoir le souci de trahir. En tout cas si cet illuminé disait la vérité. Et d'ici qu'une décision soit prise, qui sait ce qui pouvait arriver ? Qui sait si...

Il sortit des toilettes d'un pas presque joyeux. Et de toutes manières, songeait-il, comme demain je témoigne au procès de Shiv Chand, je serai à l'abri des potins du service.

Ainsi, lorsqu'il arriva au bureau le lendemain — après avoir passé à la maison une assez bonne soirée durant laquelle il avait réussi à placer qu'il réfléchissait à la petite annonce pour l'ordinateur —, il avait le sentiment que tout n'était peut-être pas complètement perdu, même s'il voyait difficilement comment il pourrait échapper au chantage de Mama Chiplunkar. Mais à peine était-il assis que le téléphone sonna. C'était le commissaire divisionnaire.

« Ghote ? Je voudrais vous voir.

— Oui, monsieur. Tout de suite, monsieur. »

Qu'est-ce qu'il pouvait bien lui vouloir ? Avec le tableau de service qu'il avait sans cesse sous les yeux, il devait pourtant savoir qu'aujourd'hui il ne fallait rien lui demander puisqu'il était au tribunal.

Il se hâta vers le vaste bureau, et, après qu'un coup d'œil à travers la porte vitrée l'eut assuré que le commissaire divisionnaire n'était pas occupé, il frappa et entra.

« Vous vouliez me voir, monsieur ?

— Oui, oui, Ghote. C'est à propos du procès de ce... Shiv Chand ? C'est bien ça ?

— Oui, monsieur. Oui.

— Il y a de gros intérêts en jeu. Et qui concernent... Bref, dans votre témoignage, je veux que vous soyez certain que rien de ce que vous direz ne risque de porter préjudice à aucune des personnes concernées par ce livre : *Indiens de distinction et de mérite.*

— *Indiens de mérite et de distinction* », corrigea mécaniquement Ghote, tout occupé à réfléchir si, bien que l'ex-directeur commercial de Freddy Kersasp fût uniquement jugé pour avoir tenté d'extorquer de l'argent au pianiste Falli Bamboat, un autre nom risquait de surgir parmi ceux des élus qui devaient figurer dans cet ouvrage mythique.

« Alors, mon vieux ?

— Non. Non, monsieur, l'accusation ne rejaillira sur personne, vous pouvez en être sûr.

— Parfait. Mais quel ennui d'avoir à se préoccuper de ça juste au moment de déclencher l'opération contre Chiplunkar ! Il y a des semaines que nous savons tout des Laboratoires Multiplex, mais il faut que ce soit maintenant, bien sûr, alors que je m'apprête à donner le feu vert pour qu'on attrape notre lascar la main dans le sac, qu'on vient me bassiner avec l'affaire *Gup Shup*. Moi qui étais convaincu de ne plus jamais entendre parler de ce torchon... »

Ghote eut l'impression qu'un collet de métal s'était refermé sur son cou. Apprendre ça maintenant, alors qu'il pensait avoir en tout cas quelques heures pour respirer ! Être informé de ce qui se préparait contre

Mama Chiplunkar sans avoir posé l'ombre d'une question. S'entendre dire exactement ce que le magnat du brown sugar tenait tant à savoir. C'était trop injuste. C'était fou. Ce n'était pas possible.

« Bien, inspecteur. C'est tout ce que je voulais. Merci.

— Monsieur. »

Ghote se vit, comme sur un écran de cinéma, claquer des talons et faire demi-tour pour sortir. Puis il entendit, tout aussi irréelle, la voix du commissaire divisionnaire qui le rappelait :

« Ghote, je n'ai pas besoin de vous dire de garder ça pour vous, hein ? C'est du sérieux. Pratiquement personne n'est au courant.

— Oui, monsieur. Oui. »

Devait-il, comme un automate, sortir du bâtiment et se précipiter sur le téléphone le plus proche pour composer le 452 07 75 ? C'est ce qu'exigeait son contrat avec Chiplunkar.

Mais il ne pouvait pas. Pas encore. Pas tout de suite.

Il regagna son bureau d'un pas vacillant et se laissa tomber sur sa chaise.

Réfléchir. Il devait réfléchir.

Il regarda sa montre, ayant du mal même à fixer son attention pour comprendre quelle heure indiquaient les aiguilles. Il lui restait tout au plus trente minutes avant de devoir partir pour le tribunal.

Mentalement, il composa le message que, tôt ou tard, il devrait se résoudre à livrer à Mama Chiplunkar : « On sait tout des Laboratoires Multiplex. On vous y attend. Une descente se prépare. » Ce serait suffisant.

Ce serait trop. Ce serait consommer la trahison.

Non, il ne pouvait faire ça. Il ne pouvait pas. Mais comment l'éviter ? En retournant vers le commissaire pour tout lui avouer ? Mais ce serait alors trahir le Dr Commissariat. Ce serait pire. Pire.

Il était pétrifié sur son siège.

Puis, tandis qu'il revoyait l'image toujours vivante du savant parsi debout devant le corps de Dolly Daruwala, la lame fine et luisante de sa gupti jaillissant des plis du sari de soie rose, une idée lui vint. Une idée tout aussi terrible, à sa façon, que celle de trahir le Dr Commissariat, que celle de trahir son devoir d'officier de police.

Il y avait une autre solution, après tout. Une solution qui le sortirait de son dilemme. Éliminer Mama Chiplunkar. Comme vermine, fléau et serpent, il valait bien Dolly Daruwala. Oui, il pouvait le tuer.

CHAPITRE 14

Pour se lever, réunir ses affaires et aller chercher ses deux panchs afin de les conduire au tribunal, il fallut à Ghote un effort si violent qu'il en eut la nausée. Si sa volonté s'était relâchée ne fût-ce qu'un instant, il sentait qu'il serait retombé sur son siège pour ne plus en bouger durant des heures, oubliant son devoir de témoin, ne pensant à rien d'autre qu'à l'idée qui lui était venue. A la décision qu'il venait de prendre.

Maintenant, il n'avait plus à s'inquiéter de devoir ou non téléphoner à Mama Chiplunkar — étant donné le temps qui lui restait à vivre, l'avertir n'avait plus d'importance. Pour l'heure, il n'avait plus qu'à s'occuper de bien remplir son rôle au tribunal. Tant que durerait le procès — une affaire aussi simple que l'affaire Shiv Chand promettait d'être vite liquidée — il n'aurait pas besoin de penser. Penser viendrait plus tard. Car il allait falloir qu'il imagine un plan. Mais rien ne l'y obligeait pour l'instant.

La majeure partie de la séance se déroula comme si elle ne le concernait pas, comme si elle avait lieu dans une autre ville, dans un autre pays. Il fut toutefois conscient que ses deux panchs se débrouillaient convenablement. D'abord très emprunté, le jeune employé municipal parvint tant bien que mal à surmonter sa gêne. Concis, digne, l'air de mériter une entière confiance, Mr Framrose fut en tous points parfait. Et quant à lui, il fit sa déposition d'une voix calme, sans hésitations ni bavures. Mais autrement, il n'enregistra rien, sinon que pour finir Shiv Chand fut déclaré coupable et condamné à un an de prison ferme.

Toujours avec des mouvements d'automate, il regagna le quartier général et alla s'enfermer dans son bureau.

Et à l'instant où il se retrouva assis sur le siège où, trois heures plus tôt, il avait pris sa redoutable décision, tout lui revint. Comme si quelqu'un avait pressé sur un bouton et qu'étaient apparus les mots : *Je dois tuer Mama Chiplunkar.*

Aussitôt son esprit s'attaqua aux détails. Il n'allait pas foncer bille en tête sur le maître chanteur et l'étrangler de ses mains nues. Non, il lui fallait agir avec toute la rigueur qu'avait montrée le Dr Commissariat dans son plan d'élimination. Même si le temps pressait, il lui fallait l'équivalent de la serviette pleine de billets grâce à laquelle le bon docteur avait persuadé Dolly Daruwala d'ouvrir son coffre de manière à pouvoir détruire toutes les preuves qu'il contenait. Il lui fallait faire preuve de la même prévoyance que lui en se servant longuement de sa gupti comme d'une simple canne afin de ne pas éveiller de soupçons en entrant dans l'appartement. Il fallait être aussi prudent, aussi précautionneux que lui, qui avait eu soin de ne toucher à rien pendant tout le temps qu'il avait passé sur les lieux.

Mais quel serait le lieu de l'élimination de Mama Chiplunkar ? Il devait trouver un endroit isolé, solitaire. Mais dans une ville aussi surpeuplée que Bombay, le choix était très limité. Le vieux cimetière européen de Sewri ? Non, à tout moment on rencontrait des sans-abri et des mendiants parmi ses tombes en ruine. Les marais salants ? Certes, les gens ne s'y bousculaient pas, mais comment convaincre Mama Chiplunkar de le rencontrer dans un endroit pareil ? Il ne trouverait jamais aucun prétexte. Aucun.

Une autre idée lui vint. Il y avait bien mieux qu'un endroit désert. Un endroit plein de monde. Un endroit où, perdus parmi des milliers d'inconnus, Mama Chiplunkar et lui seraient comme seuls. Et tout de suite il vit exactement le lieu. Une gare. Une de ces gares où, chaque soir, des gens se pressaient par centaines pour monter dans un train qui les reconduirait chez eux. Là, ce serait certainement facile de pousser sa victime sur les rails à l'approche d'un convoi puis de se fondre dans la foule en attendant le moment de s'éclipser. Il faudrait, bien sûr, prendre un minimum de précautions. Porter des vêtements neutres, et s'assurer que, par un hasard invraisemblable, il ne se trouvait pas justement quelqu'un de connaissance à la gare de... De quel endroit exactement ? Pourquoi pas Grant Road ? Et ce soir même, à l'heure de la ruée ? Oui, ce serait parfait. Le lieu et le moment idéals.

Il leva tout à coup les yeux et surprit son visage dans le carré de miroir accroché face à lui.

Qu'était-il en train de faire ? se demanda-t-il, soudain pris de panique. Qu'était-il en train de se dire à lui-même ? Que méditait-il, bon Dieu ? Il méditait — il passa la langue sur ses lèvres sèches —, il méditait de tuer un homme. De commettre un meurtre. Un assassinat. Oui, bien sûr, l'homme auquel il pensait était un malfaiteur, un trafiquant de drogue, un distributeur de mort. Et un maître chanteur. Tout prêt à se servir d'un fait qu'il avait appris par hasard pour obliger un officier de police à trahir sa foi pour l'aider à échapper à la justice. Mais cet homme demeurait un être humain. Et tant que la loi, dans toute sa majesté, dans toute sa rigueur, n'avait pas décidé du contraire, il conservait le droit de vivre.

Respirant lourdement, il resta un moment la tête vide, comme si toute pensée en avait été aspirée.

Puis, lentement, les faits auxquels il avait réfléchi avant de partir pour le tribunal lui revinrent à l'esprit. Avec leur logique implacable. Mama Chiplunkar l'avait enfermé dans un impossible dilemme. Il n'y avait nul moyen d'en sortir. Soit il téléphonait maintenant à Mama Chiplunkar pour lui communiquer ce qu'il avait appris malgré lui, soit il attendait. Mais s'il attendait et que Mama Chiplunkar se faisait prendre dans ce laboratoire où l'opium était transformée en grossière héroïne, alors, il n'y avait pas de doute, Ranchod serait amené à la police et contraint de livrer son secret. Et du même coup serait trahi le secret du Dr Commissariat, cet homme inestimable. Pour briser cet étau, il n'y avait qu'une chose à faire. Il fallait tuer Mama Chiplunkar.

Oui, vraiment, sa décision était prise. Il l'avait prise dès le départ, dès que l'idée lui en était venue. L'homme devait mourir. Que son exécution lui incombât n'était en quelque sorte qu'une considération mineure. Il le fallait. C'était ainsi. Il n'y avait rien à ajouter.

Mais comment attirer Mama Chiplunkar à l'endroit choisi, et au moment voulu ? La réponse lui vint presque en même temps que la question, comme s'il avait déjà tout le plan en tête. L'instrument lui avait été donné, pour ainsi dire. Le numéro qu'il lui fallait appeler en cas d'urgence, le 4520775. Il n'avait qu'à téléphoner à Mama Chiplunkar pour lui dire qu' « on » avait appris ce qui se passait aux Laboratoires Multiplex, vraisemblablement par un membre de la bande ; qu'il ignorait encore le nom de l'homme, mais qu'il le saurait certainement dans la soirée. Avec un peu de chance, Mama Chiplunkar proposerait lui-même une rencontre ; il lui donnerait alors l'heure et le lieu du rendez-vous et raccrocherait immédiatement. Oui, ça devrait marcher. Il faudrait un peu de chalak, mais il serait à la hauteur.

Sans plus hésiter, il se leva et sortit. Il y avait un téléphone où il ne risquait pas d'être entendu chez le marchand de paan, à trois minutes à peine.

Mama Chiplunkar allait-il venir ? Ghote faisait les cent pas sur un bout de quai de la gare de Grant Road, se frayant mécaniquement un chemin parmi la foule des Bombayotes qui, le travail terminé, s'apprêtaient à rejoindre leur lointaine banlieue — des employés de bureau aux chemises tachées de sueur, des secrétaires en saris de coton bon marché, un groupe de Goanaises en jupes et corsages bavardant entre elles en anglais avec un vestige d'accent portugais. Jouant des coudes au sein de la multitude fatiguée, des vendeurs passaient : un garçon tenant sous son bras squelettique une énorme liasse de journaux du soir, une femme proposant des guirlandes de jasmin dont l'odeur suave, à cette heure tardive, s'accompagnait de relents fétides, une kelawalli qui, d'un geste las, venait de déposer le large panier rond qu'elle portait sur la tête et où pourrissaient ses dernières bananes.

Son coup de téléphone au magnat du brown sugar s'était déroulé selon son attente. Il était tout de suite tombé sur son correspondant, et il avait pu raccrocher juste après lui avoir donné le lieu et l'heure du rendez-vous.

Tandis qu'il réglait son appel en posant quelques pièces sur l'étincelant plateau de laiton du paanwala, il s'était dit avec une ironie étrangement savoureuse qu'en donnant son information sur l'opération qui se préparait aux Laboratoires Multiplex, il avait exactement fait ce que, peu avant, il souhaitait de tout son être n'avoir jamais à faire. Mais la merveille était que sa trahison était devenue sans conséquences. Mama Chiplunkar était condamné. Il n'aurait pas le temps de profiter des renseignements qu'il croyait devoir à la calme insistance avec laquelle il avait fait pression sur l'impuissante victime de son chantage.

L'endroit exact où il avait dit à Mama Chiplunkar qu'il l'attendrait était l'extrémité du quai des trains quittant la ville, côté terminus. Pour ce qu'il avait à faire, ce serait l'idéal. A cet endroit-là, les trains qui arrivaient en gare roulaient encore à une certaine vitesse. Une poussée rapide au moment voulu, et le tour serait joué. Tout ce qu'il faudrait, c'était amener Mama Chiplunkar en bordure du quai. S'il parvenait à l'entraîner à proximité de la voie dans le courant de la discussion, tout serait réglé en une seconde.

A cette heure-là de la journée, les trains se succédaient toutes les trois à quatre minutes. Un poop-poop deux fois répété annonça l'arrivée de l'un d'eux. Ghote le regarda ralentir puis s'arrêter avec fracas. La foule en attente se précipita. La pression comprima quelque peu les passagers déjà massés à l'intérieur, et à chaque porte, une douzaine de personnes réussirent à monter, les hommes se bousculant avec la même ardeur devant les compartiments réservés aux femmes. Dans les wagons pleins à craquer, les ventilateurs qui tournaient au plafond brassaient en vain l'air moite et suffocant.

Un coup de sifflet retentit dans le brouhaha général, et l'employé qui l'avait lancé monta lui-même à bord. Lentement, le train s'ébranla. Les voyageurs demeurés sur le quai se reculèrent à contrecœur. Ici et là, voyant une prise s'offrir à eux, des audacieux s'accrochèrent aux voitures qui défilaient devant eux, grinçantes et oscillantes, tandis que le convoi gagnait de la vitesse. Enfin, le wagon de queue dépassa la limite du quai et le monstre d'acier disparut.

Ce sera pour le suivant, ou celui d'après, peu importe, se disait Ghote, pourvu que Mama Chiplunkar vienne.

Il regarda sa montre. Pour l'instant, il n'avait pas de retard. Il restait même trois, peut-être quatre minutes avant l'heure qu'il avait proposée.

Il se remit à marcher. Rester planté au même endroit à consulter sa montre toutes les dix secondes risquait de le faire remarquer. Tant bien que mal, il gagna la partie du quai où la foule était la moins dense, c'est-à-dire le côté opposé à la voie. Là, il fit mine de regarder les affiches placardées au mur. *Avant d'acheter un climatiseur bon marché, quelques conseils pour tempérer votre enthousiasme* — de toutes manières l'air conditionné dépassait ses moyens. *Oui, le médecin avait raison : le Vitaliseur Capillaire Keo-Karpin arrête vraiment la chute des cheveux.*

Bien que la chute des cheveux ne fît pas partie de ses problèmes, il se rendit compte qu'il n'avait pas pu s'empêcher de se passer une main sur le crâne.

Mais qu'est-ce qu'ils font ? se demanda-t-il tout à coup. Ils font du chantage à la calvitie. Exactement. C'est du chantage. Et ceux du climatiseur aussi. Ils veulent forcer les gens à acheter des appareils chers en laissant entendre que les autres ne valent rien. Du chantage, du chantage, du chantage. Sans doute pas aussi grave que celui de Mama Chiplunkar ou de Freddy Kersasp avec son *Gup Shup*, mais du chantage quand même.

Il regarda pour voir si les autres annonceurs tombaient dans le même travers.

Prestige — Accédez-y naturellement grâce aux costumes, chemises et pantalons Raymond. Oui, c'était chercher à tirer de l'argent des naïfs en leur faisant sentir qu'ils manquaient de « prestige ». Et puis, là, cette affiche pour des cigarettes avec le beau garçon et la séduisante fille d'allure moderne. *Faits l'un pour l'autre.* Qu'est-ce que ça signifiait sinon « Fumez nos cigarettes, ou autrement vous serez un raté en amour » ? Encore du chantage. Et l'avertissement en lettres minuscules, *Fumer est préjudiciable à votre santé,* ne valait guère mieux. C'était là aussi du chantage. Même si le but était louable — comme l'était le sien en faisant chanter Freddy Kersasp.

Il jeta un nouveau coup d'œil à sa montre. Bon. Ces considérations inopinées lui avaient fait passer juste le temps qu'il fallait.

Il regagna son poste.

Maintenant, il avait l'impression que le plan qu'il s'était fixé pourrait presque agir de lui-même. C'était un mécanisme qui s'était mis en marche et que rien ne pourrait arrêter. Mama Chiplunkar était une vermine, un serpent, un fléau qui s'était servi des moyens les plus vils pour échapper aux représentants de la justice. Il méritait d'être éliminé. Il le serait. Et par l'homme même qu'il avait choisi. Il serait éliminé par quelqu'un qu'il croyait incapable de rien faire hormis sa volonté. C'était juste.

Perdu dans ses pensées, il heurta un petit vendeur de thé, qui, venant de l'échoppe située plus haut sur le quai, transportait six verres pleins dans son panier de métal. Quatre d'entre eux se vidèrent de l'essentiel de leur contenu.

Aussitôt, le garçon, qui devait tout juste avoir douze ans, lança une bordée d'injures en marathi.

« Rapporte-les à l'échoppe, dit Ghote, d'autant plus gêné du fait des pensées qu'il roulait dans sa tête quand l'incident s'était produit. Je payerai pour qu'on te les remplisse. »

Avec un amusement dont il ne se serait pas cru capable, il nota comment le gamin prenait ses précautions pour s'assurer que cet inconnu exceptionnellement accommodant n'allait pas essayer de se défiler. Ensemble, ils s'approchèrent de la boutique, dont la devanture s'ornait d'une énorme tasse peinte sur un fond bleu électrique, d'où s'élevait une épaisse volute noire. Au-dessus, une liste des prix en grossières lettres rouges proposait, en hindi et en anglais, *Thé — Café — Cake — Samosa.* Ghote déposa quelques pièces à côté de la rutilante fontaine à thé et se hâta de s'en aller.

Et si Mama Chiplunkar était arrivé pendant qu'il avait le dos tourné ? Si, ne le voyant pas à l'endroit indiqué, il avait cru qu'il s'agissait d'une souricière ? Il risquait bien d'avoir filé sans demander son reste.

Mais non.

A l'endroit dit, vêtu de blanc comme à l'accoutumée, le gros truand promenait un regard assuré autour de lui.

Sans hésiter, Ghote s'avança vers lui.

« Chiplunkar sahib.

— Ah, c'est vous, inspecteur. Bien, bien. Alors,

qu'est-ce que vous avez à me dire ? Vos collègues ont été renseignés sur mon compte, c'est ça ? »

Ghote saisit la perche que lui tendait sa victime. S'il trouvait à lui raconter quelque chose qui retienne son attention, il pourrait sans difficulté l'entraîner en bordure du quai.

« J'ai bien peur qu'il y ait un goinda dans votre équipe, Chiplunkar sahib », dit-il.

La lueur malveillante qu'il vit alors s'allumer dans les petits yeux noyés de graisse lui confirma, s'il en était besoin, qu'il avait affaire à un homme sans pitié. Une vermine. Un serpent. Un fléau. Et doté d'un aiguillon mortel, prêt à injecter son poison à la moindre contrariété.

Mais que dire qui l'intéresse assez pour qu'il ne pense plus à rien d'autre ?

Il prit l'air très inquiet.

« Chiplunkar sahib, commença-t-il. Essayez de comprendre. Pour moi, c'est très-très difficile. »

La bouche de Chiplunkar se durcit en un trait cruel.

« Très-très difficile ? Allons, allons, rétorqua-t-il. Tout ce que je vous demande, c'est un nom. Qui est-ce ? Qui est celui qui ose... ? »

Ghote avala. Maintenant, son inquiétude était des plus réelles. Cet homme était dangereux. Mortellement dangereux. Comparé à celle que Mr Z.R. Mistry considérait comme « la femme la plus dangereuse de Bombay », c'était comme un cobra à côté d'un moustique.

Il fit mine de regarder autour de lui comme s'il craignait que, même ici, un des comparses de Chiplunkar ne fût en train de les observer. Que le goinda en personne, espionnant son patron, ne risquât au dernier moment de l'empêcher de prononcer son nom.

Et, de deux pas rapides, il s'approcha du bord du quai.

Par chance, un petit espace venait de se creuser entre les voyageurs attendant le prochain train, qui devait arriver d'un instant à l'autre. L'endroit pouvait paraître plus propice à la révélation d'un secret.

Il ressentit un frisson de triomphe lorsqu'il vit que Mama Chiplunkar le suivait sans appréhension.

Pourvu que le train ne tarde pas trop ! Deux pas de plus, et ce serait le moment idéal. Les conditions étaient exactement celles qu'il fallait. S'il y avait un espace dégagé d'un peu moins d'un mètre de part et d'autre de l'endroit qu'il visait, derrière, la foule était suffisamment nombreuse pour qu'il puisse s'y perdre aussitôt qu'il aurait poussé Mama Chiplunkar sur les rails. Une seconde, et il ne serait plus le compagnon du malheureux qui venait de tomber sur la voie, mais un quelconque des spectateurs bouleversés par le drame. Vêtu comme il l'était de sa plus vieille chemise — la verte à carreaux noirs qu'il avait trouvée au bureau à son retour du tribunal lorsqu'il avait quitté son uniforme —, rien ne le distinguerait des commis et vendeurs qui se trouvaient massés derrière lui.

Cependant, par-dessus le vacarme environnant, il n'entendait rien qui annonçât l'arrivée d'un train. Les jacasseries de la foule en attente, les grincements de freins des voitures qui, sur Naushir Barucha Marg, parallèle à la voie ferrée, ne pouvaient à cette heure d'affluence rouler plus de quelques mètres sans devoir s'arrêter, les coups de klaxon incessants (et interdits), le boucan des bus, l'inlassable et omniprésent croassement des corbeaux, couvraient tous les bruits plus lointains. Mais un train allait apparaître. D'un instant à l'autre.

En attendant, il lui fallait, quoi qu'il advienne, retenir l'attention de Mama Chiplunkar.

Il passa rapidement en revue les noms des membres de sa bande qu'il connaissait. Mais ne risquait-il rien s'il en citait un au hasard ? L'homme dont il prononcerait le nom pourrait fort bien, pour une raison ou pour une autre, être totalement invraisemblable en tant qu'informateur de la police. Être en prison. En mission quelque part. Interdit de séjour à Bombay.

Non, il fallait qu'il trouve autre chose.

Surtout que Chiplunkar commençait à regarder autour de lui. S'imaginait-il que ce rendez-vous secret avait des témoins ? Que la police lui tendait un piège ? Que l'homme qu'il croyait à sa botte avait osé le défier ? Qu'il était allé trouver le commissaire divisionnaire ? Qu'il lui avait raconté ce qu'il avait fait, et que, pour se racheter, il avait accepté de l'attirer dans un endroit où il serait possible de le cueillir sans difficulté ?

Mais non, il ne pouvait imaginer un scénario pareil. Il devait savoir mieux que quiconque que la police n'avait pas intérêt à l'arrêter aussi longtemps qu'elle n'avait pas de preuves contre lui.

Il se risqua à faire un nouveau pas. Puis un autre.

Et Chiplunkar, comme pour montrer qu'il ne se méfiait de rien, vint se planter à côté de lui au bord du quai, dont il se rapprocha encore pour laisser passer un éclatant bouquet de ballons rouges, jaunes, bleus et verts, surmontant la tête grise du minuscule vieillard qui les proposait à la foule.

Si seulement un train arrivait !

Ghote tendit l'oreille dans l'espoir de saisir parmi le brouhaha environnant un bruit annonçant son approche. En vain.

« Chiplunkar sahib, lança-t-il précipitamment,

comme je vous le disais au téléphone, nous... enfin, la police... la police connaît les Laboratoires Multiplex. Elle sait exactement ce qui s'y passe. Elle n'attend que vous pour y faire une descente.

— Oui, oui. Vous m'avez averti, c'est bien, inspecteur, c'est bien. Vous remplissez votre part du contrat, comme moi, je remplis la mienne en empêchant ce Ranchod d'aller raconter ce qu'il sait sur vous. Nous avons conclu un marché et vous y tenez. Donnant-donnant. »

Ghote s'efforça de prendre un air de chien fidèle.

« Mais ce nom, inspecteur, tonna Chiplunkar. Je veux savoir ce nom. »

Ghote parvenait tout juste à cacher le mélange de perplexité et de peur qui menaçait de le paralyser.

Que devait-il dire ? Que pouvait-il dire ?

Et alors, en même temps que la foule paraissait tout à coup se taire, un grondement formidable annonça l'arrivée du train.

D'un geste, Ghote indiqua que le bruit rendait pour l'instant sa réponse impossible.

Chiplunkar hocha la tête de haut en bas pour montrer qu'il avait compris — il attendrait que le train soit arrêté. Derrière lui, Ghote sentit que les voyageurs s'impatientaient. Toutes les conditions étaient réunies.

Il recula d'un demi-pas pour être en mesure de donner, quand le moment serait venu, la poussée rapide et discrète qui précipiterait sur la voie le magnat de la drogue. Puis il se tourna — avec un parfait naturel — en direction du train.

L'avant chamois de la locomotive n'était plus qu'à trente mètres. Vingt mètres. Dix mètres.

Maintenant. C'était maintenant.

Mais… il ne pouvait pas. En lui, quelque chose ou quelqu'un l'arrêtait. Quelque chose ou quelqu'un de plus profondément enfoui que l'homme prêt à tuer qu'il croyait avoir découvert. Une vie était entre ses mains, et il ne pouvait pas la prendre.

CHAPITRE 15

Le train sous lequel aurait dû mourir Mama Chiplunkar s'arrêta. De derrière Ghote, debout au bord du quai légèrement en retrait de Mama Chiplunkar, la foule en attente se précipita en avant. Un groupe de passagers s'élancèrent vers la porte située devant eux dans une bousculade insensée pour s'assurer une place à bord.

Déjà secoués par le souffle d'air qui avait accompagné l'arrivée du convoi, Ghote et Mama Chiplunkar se trouvaient maintenant ballottés par le flot déchaîné. De toute évidence, communiquer restait pour l'instant impossible.

Et que vais-je lui dire ? se demandait Ghote, épouvanté. Il y a une minute, je lui promettais de lui donner le nom d'un soi-disant informateur parmi ses hommes. Que ce goinda fût une invention n'avait pas la moindre importance : Chiplunkar était condamné — il devait être broyé sous les roues de ce train avant d'obtenir sa réponse.

Au lieu de quoi, il est toujours là. Plus vivant que jamais. Et dès que le train va démarrer et que les passagers qui n'ont pas pu monter se seront résignés à reprendre leur attente, il voudra que je lui donne ce nom. Et pire, pire, pire, je lui ai déjà dit quelque chose qu'il n'aurait jamais dû savoir : que la police était au courant des activités des Laboratoires Multiplex, où elle espérait l'épingler.

Que faire ?

Il avait la tête vide. Toute volonté l'avait abandonné. Comme venant d'une autre planète, il entendit soudain le coup de sifflet fatidique. Et tout de suite le train se mit en branle, contraignant ceux qui n'avaient pas trouvé de place à refluer.

Dans une minute, non, bien moins, dans un rien de temps, Mama Chiplunkar allait se tourner vers lui et lui demander le nom du goinda — du goinda imaginaire.

Maintenant, le convoi commençait à prendre de la vitesse, créant à nouveau trop de bruit pour qu'il soit possible de parler. Mais pour encore quelques secondes seulement. Les portières ouvertes sur les voyageurs entassés se succédaient toujours plus rapidement.

C'est alors qu'il fonça. Il ne savait pas encore qu'il avait pris une décision que déjà il était à l'action. Il se mit à courir, bondit en avant, s'accrocha au montant d'une portière et se projeta vers le rempart des passagers massés à l'intérieur du train.

Un instant, il crut que son bras allait être arraché. Mais il réussit alors à prendre pied sur le plancher de la voiture, et la tension s'apaisa comme par enchantement.

Il tourna la tête. Mama Chiplunkar le regardait, bouche bée, figé par la surprise à l'endroit où il l'avait laissé.

« Non ! cria-t-il dans sa direction de toute la force de ses poumons. Non. Non. Non. »

La réponse du duc de Wellington. Enfin.

Il ne savait pas si, avec le bruit du train, le maître chanteur avait compris ce « non » lancé et répété comme un défi. Mais la situation parlait d'elle-même. L'action était plus éloquente que n'importe quel discours. La réponse du duc de Wellington.

Il ramena son deuxième pied à l'intérieur et se colla contre le dos d'un passager. Un petit vieux qui dégageait une forte odeur de transpiration. Il reconnut le marchand de ballons.

Au-dessus d'eux, l'éclatant bouquet multicolore s'agitait joyeusement sous la menace du ventilateur.

Au prochain arrêt, c'est-à-dire à la gare centrale de Bombay, il descendit. L'esprit toujours en effervescence, il prit la passerelle conduisant jusqu'au terminus des grandes lignes, et, perdu dans ses pensées, poursuivit son chemin dans la cohue avec la vague idée de rentrer chez lui. Il n'enregistrait rien de ce qu'il voyait — un employé qui s'efforçait maladroitement de coller un avis à l'intention des voyageurs de deuxième classe, l'inévitable soldat posté, baïonnette au fusil, à l'entrée du bureau de paye, la rangée de dormeurs étendus sur des sacs de jute sous une série d'affiches toutes identiques — des affiches annonçant en anglais un film intitulé *New Delhi.* New Delhi. Ces deux mots pénétrèrent malgré lui dans sa tête et l'amenèrent à penser à une autre victime du chantage : Ramesh Deswani, qui avait sauté du seizième étage d'un hôtel quatre étoiles de la capitale. Plutôt que de reconnaître avoir commis de « graves erreurs » dans le mot qu'il avait laissé, n'aurait-il pas mieux fait de donner à Freddy Kersasp, son bourreau, la réponse du duc de Wellington ?

Non, il n'avait pas le droit de juger.

Cependant, cette pensée le ramena à ce que lui-même venait de faire. Il avait défié Mama Chiplunkar. Qu'allait-il arriver ? Que fallait-il attendre de Chiplunkar ?

En voyant disparaître celui qu'il croyait à ses ordres, sans doute se serait-il imaginé qu'il s'agissait d'un coup monté. D'une souricière. Et devant la menace, son premier souci aurait été de filer.

Cette idée le comblait d'aise. Il était temps que Chiplunkar se sentît menacé.

Mais des pensées plus sombres ne tardèrent pas à l'assaillir. Le trafiquant aurait tôt fait de se rendre compte qu'il n'y avait pas de pièges. Pas de poursuivants. Et alors... Alors il s'occuperait de se venger. Et de faire connaître autour de lui qu'on ne le défiait pas, qu'on ne le trompait pas impunément.

Dès qu'il le pourrait, il sortirait de sa cachette le témoin qu'il gardait en réserve. Le sinistre Ranchod. Et il le conduirait devant l'un de ces policiers vendus qui bénéficiaient de ses largesses — whisky, femmes, avantages de toutes sortes — pour lui faire raconter qu'il avait vu l'inspecteur Ghote quitter l'appartement de Dolly Daruwala sur les talons de son assassin. Et ce serait la fin de tout.

Sa carrière serait terminée. Ses collègues de la Surveillance viendraient l'interroger, et il n'aurait plus qu'à attendre que soient prises contre lui les mesures disciplinaires qui s'imposaient. Ce serait terrible. Mais dans un sens, il aurait ce qu'il méritait. Il avait délibérément commis un acte condamné par la loi. Lui, un policier, avait laissé un homme qu'il avait vu tuer partir en toute tranquillité, et le fait que cet homme fût un fleuron de l'humanité ne changeait rien à cette réalité.

Il l'avait laissé s'en aller pour qu'il puisse poursuivre sa grande œuvre, et maintenant, sur une impulsion, il venait de le perdre en se perdant lui-même.

Cette pensée était presque intolérable.

Le moment n'était-il pas venu, tout compte fait, de

suivre l'exemple de Ramesh Deswani ? De prendre congé de la vie ?

Quelque chose en lui continuait pourtant de s'opposer à une telle décision. Il aurait à connaître la honte. Et certainement aussi la pauvreté. L'amer souvenir d'avoir trahi l'homme qu'il avait voulu sauver serait avec lui à jamais. Mais pour une raison inconnue, et peut-être même sans raison, il était incapable de faire le saut qui le délivrerait de ce cauchemar.

Il prit soudain conscience qu'il était à mi-chemin de la maison. Il ne se souvenait pas d'avoir quitté la gare. Il ne se souvenait pas s'il avait pris un de ces verres de café minuscules au vendeur qui se tenait d'ordinaire accroupi à côté de l'entrée. A son arrivée à Bombay, on lui avait dit que c'était le meilleur café de la ville, et depuis lors, bien qu'il ait eu amplement l'occasion de constater que cette réputation était usurpée, il ne manquait jamais de s'arrêter pour en boire un et échanger quelques mots familiers quand il passait par là. Mais cette fois, avait-il oublié ou bien l'avait-il fait mécaniquement ? Il n'aurait su le dire.

Et il se rendit compte alors que le plus difficile ne serait peut-être pas de supporter le découragement qui s'était abattu sur lui en même temps qu'il comprenait toutes les implications de sa réponse à la Wellington. Le plus pénible serait sans doute de continuer à vivre comme si de rien n'était en attendant le moment où Mama Chiplunkar choisirait de frapper.

Cette attente se révéla beaucoup plus longue que Ghote ne l'aurait imaginé dans ses pires moments. Il ne pensait pas qu'une équipe de la Surveillance viendrait l'arracher à son appartement le jour même où il avait échappé aux griffes de Mama Chiplunkar. Ce soir-là, jusqu'au moment où il put décemment aller se coucher, il réussit donc à ne pas trop montrer son inquiétude — du moins l'espérait-il. Par chance, aussitôt le repas terminé, Ved s'en alla chez un ami jusqu'à huit heures, où Protima voulait qu'il soit rentré. Ainsi, on ne reparla pas de l'ordinateur. Mais le lendemain au bureau, il se surprit à regarder toutes les deux ou trois minutes en direction de la porte battante dans l'attente de voir débarquer un enquêteur hostile.

Cependant, la journée s'écoula sans que rien ne se produise. Et quand vint le moment de rentrer à la maison, il était dans un état de nerfs épouvantable. Pourquoi le couperet n'était-il pas tombé ? Qu'attendait Mama Chiplunkar ? Il envisagea même la possibilité que le magnat du brown sugar ait renoncé à se venger. Puis qu'il ait remis sa vengeance à plus tard. Pour prolonger ce jeu du chat et de la souris.

Mais sa raison lui disait que la chose était peu vraisemblable. Chaque heure qui passait augmentait les chances de la police au détriment de celles de Mama Chiplunkar, même s'il avait soin de se tenir à l'écart des Laboratoires Multiplex. En fait, songeait-il, il était plus que probable que le responsable des lieux avait reçu l'ordre de transporter dans un endroit plus sûr toute preuve incriminante. Mais la perte d'un instrument aussi important que ce laboratoire devait avoir décuplé la rage de Chiplunkar, et du même coup son envie de se venger de celui qu'il croyait responsable.

Pourtant, rien ne s'était produit.

A moins que Chiplunkar ait eu un accident. Qui sait si, dans sa hâte à quitter la gare de Grant Road, il n'avait pas glissé, trébuché ? Peut-être était-il tombé sur la voie ? Peut-être était-il mort ? Ou gravement blessé ?

Mais non. Ce genre de miracles n'existait pas. Et

puis, si la cible actuelle du préfet avait été ainsi éliminée, toute la police serait au courant. Tout Bombay le saurait. Il aurait suffi qu'on le transporte à l'hôpital pour que la nouvelle se répande. On parlait assez de lui dans la presse comme chef de bande ou « travailleur social ». Quelqu'un aurait reconnu, sinon son visage, du moins son nom. Quelqu'un aurait alerté, sinon la police, du moins un journaliste.

Espérant presque que, malgré l'heure tardive, le coup qu'il redoutait allait se concrétiser et mettre fin à son insupportable attente, il rassembla ses papiers, les enferma dans le tiroir de son bureau et partit chercher son scooter, laissé au quartier général la veille lorsqu'il avait brusquement décidé de se rendre à la gare de Grant Road. Une fois de plus, il eut le plus grand mal à le mettre en marche, et l'idée lui vint que, s'il avait été un autre homme, il aurait pu le jour même recevoir de Mama Chiplunkar un engin flambant neuf. Et même une voiture. Une de ces jolies petites Maruti. En récompense de ses services. Et de ceux qu'il lui faudrait rendre mois après mois, année après année.

Quels cadeaux avait bien pu recevoir le vieil agent qui, au quartier général, s'occupait avant lui de renseigner Mama Chiplunkar ? Certainement pas grand-chose. Un type comme Chiplunkar ne devait pas payer un paisa de plus qu'il n'était nécessaire.

Et si le vieux goinda n'avait pas eu sa crise cardiaque… S'il était toujours vivant… S'il continuait à jouer les informateurs… Est-ce qu'aucun de ses problèmes aurait existé ? Peut-être pas. Mais l'idée d'une vie sans chantage, sans Mama Chiplunkar, sans duc de Wellington, d'une vie à nouveau sans souci, lui était devenue presque inenvisageable. Et mieux valait ne pas y penser ou il allait pleurer.

Il pressa sur le démarreur d'un pied plus rageur que jamais, et le vieux scooter se décida enfin à se mettre en marche.

Deux jours passèrent, avec en perspective deux soirées en famille. A la maison, il écarta toutes les questions de Ved et ignora les regards de Protima, s'efforçant par ailleurs de se comporter comme il le faisait au beau temps où Mama Chiplunkar n'entrait pas dans ses préoccupations. Deux jours passèrent sans apporter de changements.

Au bureau, il avait du mal à ne pas poser de questions sur le criminel dont le préfet avait fait sa cible. Mais il lui fallait éviter d'attirer l'attention. Si, par un invraisemblable concours de circonstances, son nom n'était pas encore associé à celui du chef de bande, la moindre curiosité de sa part pouvait suffire à mettre sur ses talons les chiens de la Surveillance.

Son travail en souffrait. Il le savait. Mais il était simplement incapable de se concentrer. On l'avait chargé d'une affaire dont il s'occupait, par intermittence, depuis déjà des mois : le vol d'un coffret à bijoux appartenant à un Arabe dans un des grands hôtels de Bombay Nord. Il y a quelques semaines, on avait arrêté le coupable. Or des difficultés avaient surgi du fait que l'Arabe était retourné dans son émirat et tardait à répondre aux questions. Maintenant, toutes les preuves étaient là, et il ne restait qu'à les rassembler. Mais comme il s'apprêtait à rentrer chez lui, Ghote se souvint que, perdu dans ses spéculations à propos de Mama Chiplunkar, il avait complètement oublié de joindre une pièce au dossier. Laquelle ? Son esprit était vide. Il ne savait plus.

Il lui fallut retourner à son bureau et se mettre dans la

position exacte où il était quelques instants plus tôt. Une fois qu'il eut retrouvé sa place, la lumière se fit : il avait oublié la déposition des deux panchs qui avaient assisté à la fouille de la chambre qu'occupait le voleur à l'arrière de l'hôtel.

Vingt minutes plus tard, alors qu'il avait enfourché son scooter et roulait déjà vers la grille — son engin tressautant sous lui comme un cheval sauvage —, il entendit par-dessus le bruit du moteur quelqu'un crier son nom.

Il ralentit pour regarder.

Et, courant vers lui en agitant la main pour bien montrer qu'il voulait lui parler, il vit l'inspecteur Arjun Singh. Désormais à la Surveillance.

Il s'arrêta et descendit de son scooter, qu'il faillit renverser.

Ça y est, se disait-il. Cette fois, les jeux sont faits.

Il ne se souvenait pas d'avoir senti ses intestins tourner en eau sous le coup de la panique, même pas quand sa vie avait été réellement en danger. Mais maintenant, ne fût-ce qu'à cause des gargouillis parfaitement audibles qui montaient de son ventre, il sut que c'était ce qui était en train de se produire en lui.

Oui, songea-t-il, ce n'est pas bête d'avoir confié ce boulot à Singh. On sait qu'il me connaît. On sait que je n'ai pas son agressivité, sa combativité. S'il subsiste des doutes, on se sera dit qu'avec lui, un petit interrogatoire d'une heure suffirait à me faire craquer.

Mais je ne me prêterai pas à cette comédie, décida-t-il. J'admettrai tout de suite que je suis coupable. Et ce sera fini. Je m'épargnerai les cris, les railleries, les aboiements et les menaces de Singh. Je garderai ma dignité.

Il rassembla ses forces.

Cependant, Arjun Singh approchait, grand, fort, la tête prise dans un énorme turban rose, plus impressionnant que jamais.

« Alors vous voilà, Singh sahib, dit-il.

Il fut soulagé de constater que, malgré ce qui se passait au niveau de ses intestins, sa voix ne tremblait pas.

« Singh sahib ? Singh sahib ? Qu'est-ce que c'est que ces politesses, bhai ? »

Cette jovialité réussit ce qu'aucun coup de gueule n'aurait pu obtenir. Elle le fit soudain se sentir tout petit. Non, il ne fallait pas qu'Arjun Singh donne dans le copinage, ou alors il allait craquer.

Il avait envie de pleurer, rien de moins. De fondre en larmes. De sangloter.

Il se ressaisit. De la dignité, que diable. Est-ce que le Dr Commissariat se laisserait aller quand son tour viendrait ? Certainement pas.

Il bomba le torse.

« Qu'est-ce que vous me voulez ?

— Qu'est-ce que je vous veux ? Vous dire bonjour, c'est tout. Je suis venu voir le commissaire divisionnaire, et au moment où je sortais, j'ai entendu un bruit qui m'a rappelé quelque chose. Je me suis dit : pour faire un pareil boucan, il n'y a que le scooter de ce vieux Ghote. Alors j'ai essayé de vous rattraper.

— C'est tout ? » ne put-il s'empêcher de demander.

Mais Singh ne prit pas garde à sa question.

« Alors, plaisanta-t-il, vous n'avez pas honte de faire un raffut pareil sous les fenêtres du commissaire divisionnaire ? Au risque de déranger le préfet lui-même ?

— Si. Non. Enfin, si. J'ai un peu honte, mais...

— Mais ce n'est pas avec ce qu'on gagne qu'on peut

se payer un scooter qui ne fait pas plus de bruit qu'une machine à coudre, non ? A moins d'accepter des gros-gros pots-de-vin, hein ? »

Ghote sourit. Un pâle sourire, mais un sourire tout de même.

« Et qu'est-ce que vous veniez faire chez le commissaire divisionnaire ? demanda-t-il pour dire quelque chose.

— Oh, c'était pour l'affaire Chiplunkar. On s'est souvenu que je m'étais occupé du bonhomme, et on voulait savoir si j'avais des idées.

— Des idées ? » s'étonna Ghote.

Arjun Singh se mit à rire.

« Vous ne savez pas ce qui est arrivé à Mama ? fit-il, manifestement incrédule. Enfin, bhai, vous êtes le seul de toute la boîte à ne pas être au courant.

— Quoi ? Mais qu'est-ce qui lui est arrivé ? »

Se pouvait-il qu'il ait été tué quand même en quittant la gare de Grant Road ? Qu'il ait eu un quelconque accident ? Qu'il soit à l'hôpital ?

« Ce salaud s'est tiré à Ahmedabad, répondit Singh. On le surveillait, bien sûr. Et puis un après-midi — il y a trois jours, non, quatre — il a brusquement disparu. On s'est dit après coup qu'il devait savoir qu'on le filait ; il a simplement attendu d'avoir à faire quelque chose où il ne voulait pas de témoins pour semer ses anges gardiens. On l'a retrouvé par chance. Tout à fait par hasard. A l'aéroport. Juste avant qu'il s'envole pour Ahmedabad.

— Pour Ahmedabad ? » répéta stupidement Ghote.

Il ne voyait pas du tout pourquoi Chiplunkar, certainement pris de panique après ce qui s'était passé à la gare de Grant Road, avait décidé d'aller dans le Gujarat.

Mais Singh éclaira sa lanterne.

« Oui, dit-il. Personne ne savait ce que Mama — qui vient du Maharashtra, de Konkan — allait faire dans le Gujarat. Mais moi, j'ai pu leur dire. Facile. »

Ghote avait retrouvé son aplomb. Il se rendait compte que son problème d'intestins avait disparu aussi rapidement qu'il avait surgi.

« Alors, bhai, qu'est-ce qu'il allait y faire ? Je sais bien que vous avez toujours une longueur d'avance. »

Singh se rengorgea.

« Facile, reprit-il. Il a une maîtresse, à Ahmedabad. Une Sikh, hélas, mais c'est grâce à ça que je connais la dame. Un beau morceau. Autrement dit, Mama prend des vacances pour s'envoyer en l'air. C'est aussi simple que ça. »

Ghote ne voyait pas les choses du même œil. Pour lui, il était clair que Chiplunkar avait pris peur à la gare de Grant Road. Il avait paniqué. A cause de lui, Ghote. Et sa panique se prolongeait — ce qui n'était pas déraisonnable étant donné l'information qu'il lui avait fournie quand il pensait qu'il ne vivrait pas assez longtemps pour en tirer parti. Alors il restait planqué. Planqué avec sa maîtresse sikh — un beau morceau — dans le nid d'amour où il avait dû l'installer à Ahmedabad.

Mais pour combien de temps encore ?

CHAPITRE 16

Sa rencontre avec Arjun Singh n'avait guère apaisé l'inquiétude de Ghote. Le lendemain, ses efforts pour accorder à son travail l'attention nécessaire furent toutefois un peu plus fructueux. Vers la fin de l'après-midi, il se passa même près d'une heure sans qu'il pense une seule fois à la menace qui pesait sur lui. Et puis soudain, sans raison apparente, tout lui revint. La première visite de Ranchod, la dégradation du sinistre personnage sous l'effet de la drogue, ce terrible matin où Mama Chiplunkar était apparu à côté de lui alors qu'il se bagarrait avec son scooter, et finalement, leur confrontation au milieu de la foule impatiente de la gare de Grant Road.

Et comme il se disait qu'il était temps de se préparer à rentrer, que la routine devait continuer aussi longtemps que la vengeance de Mama Chiplunkar n'aurait pas éclaté, la porte de son bureau s'ouvrit, poussée d'une main impérative. Il reconnut le planton du préfet.

« Le préfet veut vous voir. Tout de suite. »

C'était un ordre, et qui devait être obéi avec la même célérité que si le préfet l'avait donné lui-même.

Ghote se leva de son bureau.

Il se sentait parfaitement calme. Il avait l'impression d'être une pièce de métal placée sur une chaîne de fabrication. Un processus venait de se mettre en marche contre lequel il ne pouvait plus rien. Il ne lui restait qu'à subir. Façonnage. Polissage. Éjection. Éjection de quoi ? De la police de Bombay, bien sûr. Dans la honte et l'humiliation.

Il jeta un rapide coup d'œil à son petit miroir. Les cheveux étaient en place. Il était bien rasé, Dieu merci. Mais sa chemise... Il avait encore cette vieille chemise verte à carreaux noirs qu'il avait été si content de trouver au bureau le jour où il avait décidé de supprimer Mama Chiplunkar.

Tant pis. Après tout, si le préfet lui trouvait l'air miteux, ce ne serait pas plus mal.

Il suivit le planton sans mot dire jusqu'à l'impressionnante entrée du bâtiment abritant le bureau du préfet. L'estomac serré, il gravit les larges marches de pierre entre les petits canons de laiton poli disposés de part et d'autre. Une fois à l'intérieur, l'obscurité verte et violette dans laquelle il se trouva soudain plongé lui fit prendre conscience que le soleil l'avait ébloui. Un soleil brûlant qui l'aurait mis en nage. Il serait plus minable que jamais.

Mais l'aspect ne comptait plus. Ou il ne compterait plus d'ici très peu de temps. La tenue d'un ancien officier de police n'avait pas la moindre importance.

Directement en face de lui, au pied du double escalier monumental dont, ses yeux s'habituant à la pénombre, il commençait à distinguer le tapis rouge que retenait à chaque marche une étincelante baguette de laiton, se dressait la statue en marbre blanc de Stephen Meredith Edwardes, modèle des préfets de police de l'époque britannique, gardien inébranlable de la paix bombayote, bombant le torse sous une cascade de médailles. Il se redressa.

Est-ce que cet austère personnage aurait hésité une seconde à donner la réponse du duc de Wellington à quiconque eût osé essayer de le faire chanter ? Et si l'un de ses hommes avait eu l'impensable témérité de prendre la loi en main et de laisser partir un meurtrier, quel traitement lui eût-il réservé ?

Il ne le saurait jamais. Mais dans moins de deux minutes il connaîtrait la réaction du préfet actuel vis-à-vis d'un tel homme. Et il était à craindre qu'elle ne soit pas plus indulgente que l'eût été celle de Mr Stephen Meredith Edwardes.

Il monta l'escalier par la droite à la suite du planton. Les obscurs portraits à l'huile des prédécesseurs du préfet posaient sur lui un œil indifférent.

Arrivé en haut, il se présenta à l'huissier derrière son petit bureau.

« Entrez tout de suite, inspecteur. Le préfet vous attend. »

A nouveau, il tira les épaules en arrière. La double porte du bureau du préfet se dressait devant lui — dix pieds de bois sculpté. Il poussa le battant, gêné de voir que sa main moite laissait une trace sur la surface polie.

Le préfet, dans un uniforme qui paraissait presque empesé, était assis, bien droit, derrière son énorme bureau. Le bureau où tant de préfets s'étaient succédé. Ordonnant. Veillant au maintien de la paix. De la discipline.

Il avança jusqu'à ce qui lui sembla être la distance convenable et claqua des talons.

« Inspecteur Ghote », annonça-t-il.

Sa voix ne l'avait pas trahi.

« Ah, Ghote, oui. J'ai à vous parler. Ce matin, après

notre conférence hebdomadaire, je m'entretenais avec Mr Z. R. Mistry, et... »

Il s'arrêta soudain.

« Ghote, fit-il, la porte est restée entrebâillée. Fermez-la, voulez-vous ?

— Oui, monsieur, oui. »

Il retourna en hâte jusqu'à la porte.

Comment avait-il pu être aussi négligent ? Comme s'il n'avait déjà pas commis suffisamment d'erreurs !

Il poussa doucement le battant jusqu'au moment où il entendit le pêne jouer dans la serrure. Puis il se retourna pour faire front au courroux du préfet.

Qu'est-ce qu'il avait bien pu apprendre de Mr Mistry ? Cette fameuse nuit, lui-même avait eu soin de mentir au secrétaire adjoint. Il lui avait dit — et Mr Mistry n'avait pas paru mettre sa parole en doute — qu'il avait trouvé Dolly Daruwala morte en entrant dans l'appartement. Il n'avait pas soufflé mot du Dr Commissariat. Alors qu'est-ce que le préfet... ?

Mais il avait mieux à faire que de se poser des questions.

Il retourna se planter au garde-à-vous devant l'immense bureau.

« Bien, dit le préfet. On n'est jamais assez prudent lorsque la sécurité est en jeu. »

La sécurité ? C'est vrai, il en avait enfreint les règles quand il avait téléphoné de la boutique du marchand de paan et qu'il avait prononcé les mots *les Laboratoires Multiplex.* Mais...

« Mr Mistry me disait donc — notez que je ne veux pas savoir le pourquoi ni le comment — que vous étiez en possession d'un jeu de clés de l'appartement qu'occupait dans l'immeuble Marzban une dame de sinistre mémoire : Dolly Daruwala. Oui ? »

Qu'est-ce que c'était que cette histoire ? Qu'est-ce que ces clés avaient à faire avec Mama Chiplunkar et ce qui s'était passé entre eux ?

« Oui, monsieur », parvint-il à répondre.

Eh oui, c'est vrai, j'ai toujours ces clés. Après tout ce temps.

Il avait pourtant eu l'intention de s'en débarrasser aussitôt sa mission terminée. Il les avait mises dans la poche supérieure de son uniforme — Mr Mistry tenait tant à ce qu'il soit en uniforme — mais cet uniforme, il ne l'avait plus porté depuis. Pour aller témoigner au procès de Shiv Chand, il avait mis le neuf, celui des grands jours. Le vieux était resté où il l'avait rangé, et il avait complètement oublié ces clés.

Mais pourquoi le préfet lui en parlait-il ?

« Peut-être ignorez-vous, l'affaire ayant été tenue cent pour cent secrète, que cet appartement de l'immeuble Marzban a été récemment acheté — tel quel, avec tout son contenu — par notre vieil ami Mama Chiplunkar. Apparemment, il avait besoin d'un endroit que ses acolytes ne connaissent pas. Mais malgré les précautions prises pour que cette transaction demeure secrète, nos gars des Renseignements ont découvert le pot aux roses : l'appartement est désormais celui de Chiplunkar — qui l'a payé avec de l'argent non déclaré, inutile de le dire. »

Ah, songea Ghote, si vous, préfet sahib, vous ignorez pourquoi il l'a acheté, moi j'ai ma petite idée là-dessus : c'est pour y garder un témoin grâce auquel il espère s'assurer les services d'un nouveau goinda — pour y garder Ranchod.

Mais à propos de Ranchod, qu'est-ce que le préfet attendait pour lui en parler ?

Ou alors... Non, ce serait trop beau, il ne fallait pas

rêver... Mais se pouvait-il que le grand homme l'ait convoqué pour une raison qui n'avait rien à voir avec Ranchod et le chantage qui avait commencé avec lui ?

« Maintenant, Ghote, voilà où nous en sommes. Grâce à l'inspecteur Arjun Singh et à sa parfaite connaissance de la ville et de sa mafia, nous avons de nouveau Chiplunkar dans le collimateur. Il était parti rejoindre une belle à Ahmedabad, mais il a réservé une place sur un vol qui devrait le ramener à Bombay aujourd'hui même. »

Le préfet s'interrompit pour fouiller parmi les papiers posés sur son bureau.

Mama Chiplunkar va revenir, Mama Chiplunkar va revenir, se répétait Ghote, repris par toutes ses craintes. Il sera là aujourd'hui même. Et pour quoi faire ? Aller chercher Ranchod dans l'ex-appartement de Dolly Daruwala et l'amener à la police. Lui faire dire ce qu'il sait de l'inspecteur Ghote. Qui s'est cru assez fort pour singer le duc de Wellington.

Le fait qu'on sache que l'appartement était désormais la propriété de Mama Chiplunkar ne changerait pas grand-chose. Même si l'on y effectuait une descente dès son retour d'Ahmedabad, même si l'on y trouvait du brown sugar en pagaille et tout ce qu'il fallait pour en fabriquer, le trafiquant aurait sa vengeance prête. Ranchod serait là. Ranchod pourrait raconter ce qu'il avait vu le soir où Dolly Daruwala avait été assassinée. Dire simplement la vérité. Et quelles que soient les charges retenues contre lui, Chiplunkar y trouverait certainement son compte.

C'est donc dans un état de complet abattement que Ghote écouta le préfet, qui avait retrouvé le papier indiquant l'heure où devait arriver l'avion d'Ahmedabad, lui exposer le plan prévu pour l'arrestation de

Chiplunkar. C'était bien ce qu'il avait imaginé. On allait se servir des clés qu'il avait gardées pour entrer dans l'appartement On y procéderait à une fouille en règle. Les panchs qui devaient y assister avaient déjà été désignés. Puis, dès que Chiplunkar franchirait la porte — et à son retour du Gujarat, son premier soin serait sans doute de s'assurer que la base de sa fortune mal acquise était toujours intacte —, on lui passerait les menottes.

« Alors, Ghote, où sont les clés ?

— Les clés, monsieur ? Quelles... »

Il se ressaisit.

« Elles sont chez moi, monsieur. Il me suffira de vingt minutes pour aller les chercher.

— Bien. Parfait. Alors allez-y, et rendez-vous tout de suite à l'immeuble Marzban. Vous y trouverez l'inspecteur Welankar avec son équipe et les panchs. Ce sera un grand jour pour la police, Ghote. Un jour de gloire. »

Oh oui, ce sera un grand jour pour la police, se dit Ghote en refermant derrière lui — avec tout le soin nécessaire — la porte du bureau du préfet. Mais pour moi, pour l'inspecteur Ghote...

Pour l'inspecteur Ghote, quoi qu'il advienne, ce serait le plus mauvais jour de sa vie.

CHAPITRE 17

Ghote se retrouvait devant l'immeuble Marzban. La dernière fois qu'il y était venu, il faisait nuit. Il avait vu sortir Mr Z. R. Mistry, et ensuite il avait découvert que Ranchod n'était plus à son service. Il l'avait imaginé mort, victime de la drogue. Et pendant tout ce temps — l'ironie de la chose lui fit grimacer un sourire —, pendant tout ce temps, Ranchod était prisonnier dans ce même immeuble. Prisonnier de Mama Chiplunkar. Son principal atout dans le jeu répugnant dont lui, Ghote, serait la victime impuissante.

La fois d'avant, il avait attendu tapi dans l'ombre. Il se trouvait en uniforme, mais le travail qu'on attendait de lui était parfaitement illégal. Aujourd'hui, il était en civil. Il portait toujours sa vieille chemise verte à carreaux. Quand il était passé chez lui pour chercher les clés, il était trop pressé pour se changer. Il avait tout juste eu le temps de dire à Protima qu'il était « en mission officielle ».

En mission officielle, oui, et pour la dernière fois.

Aujourd'hui il était en civil, mais il n'avait pas à se cacher. Plutôt que de monter les escaliers ainsi qu'il avait dû le faire cette lointaine nuit où, sans qu'il le sût, sa carrière allait basculer, il prit simplement l'ascenseur. Il pressa le bouton du vingtième étage et se laissa véhiculer sans heurt, et presque sans bruit, jusqu'à destination.

Il trouva le palier plein de monde. L'inspecteur Welankar était accompagné de deux sous-inspecteurs et de quatre agents, mais aussi — ce qui ne manqua pas de le surprendre — de Mr Framrose, son témoin dans l'affaire Shiv Chand, et, pour second panch dans cette opération, d'un homme insignifiant dont la peau sombre paraissait indiquer qu'il venait du sud.

D'une certaine manière, la présente inattendue de Mr Framrose — elle n'avait pourtant rien d'invraisemblable : on devait avoir relevé ses qualités de panch au procès de Shiv Chand — l'emplit d'un sentiment de malaise. Peut-être tout simplement parce qu'il s'agissait d'un Parsi, comme le Dr Commissariat. Mais il y avait entre eux une autre ressemblance, songea-t-il. Il se souvenait d'avoir entendu le vieux panch raconter — ce devait être alors qu'ils se rendaient au tribunal et que lui-même s'efforçait de penser à autre chose qu'à liquider Mama Chiplunkar — que depuis qu'il était à la retraite, il passait chaque jour deux heures à prier. Lui-même avait perdu depuis longtemps l'habitude de prier, mais il n'en éprouvait pas moins pour les dévots un profond respect. Oui, comme le Dr Commissariat, quoique sur un plan moins héroïque, Mr Framrose devait être un homme bon.

Et maintenant, il allait finalement trahir le Dr Commissariat. L'issue était inévitable. Le tournant fatal avait été pris. Il avait été pris à l'instant où il avait défié Mama Chiplunkar. Cette soudaine décision l'emplissait à nouveau de doutes. Bien sûr, elle avait ses aspects positifs. Opposer à un être vil la courageuse réponse du duc de Wellington était certainement méritoire. Mais que fallait-il en penser si sa conséquence ultime était la trahison d'un homme de bien ?

N'aurait-il pas mieux fait de s'abstenir ? De continuer à payer le prix du silence exigé par Mama Chiplunkar ? En le dupant ici et là, en lui taisant ce qu'il pouvait lui taire ? Et en sauvant ainsi un homme qui avait consenti un grand sacrifice pour le salut de ses compatriotes ? Qui avait même fait deux grands sacrifices. D'abord en renonçant à la richesse de l'Amérique pour apporter dans son pays son invention porteuse de vie ; ensuite, en délivrant de ses griffes de glace tous ceux que Dolly Daruwala tenait en son pouvoir.

Mais de toute façon, c'était trop tard. Il avait l'impression d'être embarqué sur un tapis roulant, un convoyeur qui poursuivait son inéluctable progression. Qu'on l'y ait mis ou qu'il s'y soit placé lui-même, il était désormais impossible d'en descendre.

« Alors, vous avez ces clés ? » demanda d'un ton pressant l'inspecteur Welankar.

Ghote les sortit de sa poche.

« Allez-y. Ouvrez-nous cette porte. »

Il s'avança et mit la première clé dans sa serrure.

La série de légers raclements qu'elle produisit tandis qu'il l'enfonçait lui donna la terrible impression de répéter un acte qu'il savait devoir l'entraîner dans un long cauchemar. Tout semblait d'ailleurs faire partie d'un rêve. Et comme le sont souvent les rêves, plein de menaces inexplicables.

Mais la clé tourna sans réelles difficultés, ainsi qu'elle l'avait fait le soir où Dolly Daruwala était morte. Et comme ce soir aussi, la seconde entra dans la serrure sans la moindre résistance.

Dès que la porte fut ouverte, Welenkar et ses

hommes se ruèrent dans le hall. Où tout était étrangement familier. Sur la table où Dolly Daruwala avait eu la dangereuse habitude de poser ses clés en entrant, le grand vase crème était toujours là. Mais vide.

Ghote se sentit subitement la bouche sèche.

Poussé par Welenkar et son équipe, il entra dans le salon. Là non plus, rien n'avait changé. Ou presque. Le tapis d'Amritsar lui parut à peine moins coloré que la première fois. Des semaines durant, la poussière devait s'y être déposée sans que personne se soucie de l'enlever. Une pellicule grise recouvrait du reste la table basse où Dolly Daruwala avait placé un gros briquet d'argent comme pour railler les principes parsis. Le briquet en question avait disparu — c'était le genre d'objets que devait affectionner Mama Chiplunkar, qui l'avait sans doute emporté chez lui. En revanche, le numéro de *Gup Shup* que Ghote avait remarqué cette fameuse nuit — et dont il avait failli par la suite parler au commissaire divisionnaire — n'avait pas bougé, et la poussière qui en ternissait la couverture montrait qu'on n'y avait pas touché. Si Mama Chiplunkar lisait, ce n'était pas ce type de littérature. La housse de la télévision gisait négligemment à côté de l'appareil. Il était clair que le poste avait été utilisé.

Mais par qui ? Par Mama Chiplunkar ou par son prisonnier ? Car Ranchod devait être là. Mais aucun bruit ne trahissait sa présence. L'invasion de l'appartement l'avait peut-être poussé à se cacher quelque part — et pourquoi pas sous le lit à couverture verte de la chambre voisine ?

A moins qu'il se soit trompé dans son hypothèse ? A moins que Chiplunkar ait mis son prisonnier ailleurs ? Et dans ce cas, qui sait si ce témoin tant redouté ne resterait pas à jamais dans l'ombre ?

Non, il ne fallait pas l'espérer.

« Un coffre, il doit y avoir un coffre, grogna Welankar tandis que ses hommes fouillaient la pièce. C'est là qu'on va trouver ce qu'on cherche. »

Au moment où il allait dire que le coffre était dans la chambre à coucher, Ghote se souvint qu'il n'était pas censé connaître l'appartement. Le fait qu'il en eût apporté les clés ne signifiait pas nécessairement qu'il y était déjà venu.

Cependant, Welankar se dirigeait de lui-même vers la chambre à coucher.

Dont la porte refusa de s'ouvrir.

Ah ! se dit Ghote. C'est là que Chiplunkar a enfermé Ranchod. Et bien sûr, il doit être tapi sous le lit à grelotter de peur parmi les moutons de poussière.

Welankar donnait maintenant de violents coups d'épaule contre la porte fermée à clé.

Elle ne résistera pas longtemps, songea Ghote. Dans ces appartement modernes, la menuiserie ne vaut rien. Je connais ça. Et quand on aura trouvé Ranchod à l'intérieur, ce sera la fin.

Ne serait-il pas possible de mettre la main sur lui avant que Welankar ne s'en occupe ? De profiter que Welankar cherche le coffre où il pensait que Chiplunkar entreposait sa drogue pour tirer Ranchod de dessous le lit et le faire sortir subrepticement de l'appartement ? Évidemment, ce serait le retour au chantage. Mais rétrospectivement, le chantage de Ranchod semblait presque agréable — une routine dont on pouvait s'accommoder sans mal.

Mais non. Non, il serait impossible de le faire sortir sans être vu. En tout cas, il ne pourrait pas échapper à l'attention de Mr Framrose et de l'autre panch. Ils se tenaient dans un coin du salon comme deux chèvres affolées et n'en bougeraient certainement pas.

Et être vu avec Ranchod par le bon vieux Parsi serait comme une condamnation. Non, sa chute était inévitable. Elle l'attendait au bout du convoyeur, dont rien ne pourrait arrêter l'avance.

Welankar avait demandé au plus costaud de son équipier de venir l'aider à enfoncer la porte, qui céda tout à coup avec un bruit sinistre.

Ranchod n'était caché nulle part. Il était bien en vue. Étendu par terre sous le coffre ouvert de Dolly Daruwala. Du brown sugar tout autour de lui. Du brown sugar sur ses mains crispées. Et mort. Depuis peu de temps mais sans doute possible. Mort d'une overdose.

Tout le monde s'approcha du corps convulsé.

« Voilà qui va nous compliquer les choses, commenta Welankar. Je me serais bien passé d'un cadavre ! »

Les implications de cette découverte firent lentement leur chemin dans la tête de Ghote. Mais par quelque bout qu'il empoigne le problème, il était certain que, pour lui, la mort de Ranchod — qui devait avoir appris la combinaison du coffre où il savait que Chiplunkar avait entreposé le brown sugar provenant de son laboratoire — était loin de compliquer les choses.

Cependant, dans le silence qui s'était fait autour du corps, la sonnerie du téléphone retentit soudain. Trois coups, puis plus rien.

« Merde, lâcha Welankar. C'est Chiplunkar qui arrive. J'ai demandé au chowkidar de m'avertir aussitôt qu'il le verrait entrer. »

Puis il se mit à distribuer des ordres, priant l'ensemble de ses hommes d'observer le plus grand silence et de rester dans la chambre à coucher avec Ghote et les deux panchs, tandis que lui-même et le plus costaud de ses agents se tiendraient à l'entrée du salon, légèrement en retrait, de manière à ne pas être vus du hall. Ghote prit sur lui de pousser la porte de la chambre à coucher, espérant que la serrure fracturée ne serait pas trop visible.

Et tout le monde attendit. Enfin, on entendit les clés tourner dans la serrure. Puis le sifflotement de quelqu'un ne se méfiant de rien.

Le sifflotement se rapprocha. Chiplunkar — si c'était bien lui — devait maintenant traverser le hall pour gagner le salon.

Où son entrée se traduisit par un cri étouffé, aussitôt couvert par la voix de Welankar :

« Ram Chandra Chiplunkar, au nom de la loi je vous arrête pour détention illégale de drogue — article 267A du code pénal indien. »

Et voilà, c'est fini, se dit Ghote dans un transport de joie. Fini, fini, fini. L'inconcevable était arrivé. Durant son long cauchemar, il avait plus d'une fois joué avec l'idée qu'un coup de chance impossible pourrait le tirer d'affaire. Mais ce coup de chance, il le voyait précisément comme impossible. Il n'avait pas voulu y croire. Il n'avait pas osé y croire.

Mais le miracle s'était produit. Oui. Et en fait, ce n'était pas vraiment un miracle. Il y était pour quelque chose. S'il n'avait pas fini par lui donner la réponse du duc de Wellington, Mama Chiplunkar n'aurait pas pris peur. Il ne se serait pas enfui à Ahmedabad. Et Ranchod n'aurait pas passé des jours et des jours enfermé dans cette pièce qui recelait la drogue dont il crevait d'envie. Il n'aurait pas, à force d'essayer, découvert la combinaison du coffre qu'il avait sans doute vu Chiplunkar ouvrir le jour où il était venu y déposer en hâte la marchandise que la police risquait de découvrir dans son laboratoire.

Oui, c'est ainsi que les choses avaient dû se passer. Et maintenant, le poids qui pesait sur lui s'était comme envolé. Mieux. Le rocher noir qui menaçait de l'écraser depuis qu'il avait vu le Dr Commissariat éliminer dans cette même pièce la vermine, le fléau, le serpent qu'était Dolly Daruwala avait disparu. Comme s'il n'avait jamais existé. Et désormais, lui seul connaissait le secret du grand homme. Si Chiplunkar essayait de raconter ce dont Ranchod avait été témoin ce fameux soir, personne ne le croirait ; il ne pourrait pas apporter la moindre preuve à l'appui de ses dires.

Le secret resterait à jamais en lui, mieux gardé que dans n'importe quel coffre-fort. Le savant était sauvé. Lui-même était sauvé. C'était fini, fini, fini.

Il était déjà à la maison lorsque Ved rentra du cricket — il était désormais vice-capitaine de son équipe — mais il ne prit pas le temps de lui demander comment s'était déroulée la partie. A l'instant même où Protima ouvrit la porte, il lança :

« Ved, j'ai bien réfléchi. Ton idée d'ordinateur me paraît excellente. Tu crois que celui que tu avais repéré est déjà vendu ? »

Ved sourit de toutes ses dents.

« Non, dadaji, il est toujours à vendre. Dès que j'ai compris que tu allais finir par dire oui, j'ai téléphoné au vendeur pour lui dire qu'on le prenait. »

Ghote ne savait pas si cette tactique relevait ou non du chantage. Et il ne voulait pas le savoir.

DANS LA MÊME SÉRIE

Jakob ARJOUNI

Café turc (Ein Mann, ein Mord).
Bonne fête, le Turc (Happy Birthday, Türke !)

Christianna BRAND

Mort dans le brouillard (London Particular).
La Mort de Jézabel (Death of Jezebel).

B. M. GILL

Le Douzième Juré (The Twelfth Juror).
Une mort sans tache (Victims).

Georgette HEYER

Meurtre d'anniversaire (They Found Him Dead).
Un rayon de lune sur le pilori (Death in the Stocks).
La mort donne le la *(The Unfinished Clue).*
Tiens, voilà du poison ! (Behold, Here's Poison).
Mort sans atout (Duplicate Death).
Pas l'ombre d'un doute (No Wind of Blame).

P. D. James

A visage couvert (Cover Her Face).
Une folie meurtrière (A Mind to Murder).
Sans les mains (Unnatural Causes).
Meurtres en blouse blanche (Shroud for a Nightingale).
La Proie pour l'ombre (An Unsuitable Job for a Woman).
Meurtre dans un fauteuil (The Black Tower).
Mort d'un expert (Death of an Expert Witness).
La Meurtrière (Innocent Blood).
L'Île des morts (The Skull Beneath the Skin).
Un certain goût pour la mort (A Taste fort Death).
Par action et par omission (Devices and Desires).

H. R. F. Keating

Un cadavre dans la salle de billard (The Body in the Billiard Room).
L'Inspecteur Ghote en Californie (Go West, Inspector Ghote).
Le Meurtre du Maharaja (The Murder of the Maharajah).
L'Inspecteur Ghote tire un trait (Inspector Ghote Draws a Line).

Cet ouvrage a été composé
par l'Imprimerie BUSSIÈRE
et imprimé sur presse CAMERON
dans les ateliers de B.C.A.
à Saint-Amand-Montrond (Cher)
en octobre 1992

35-17-8929-01

ISBN 2-213-02987-3

N° d'édition : 0038. N° d'impression : 2089-92/311
Dépôt légal : octobre 1992

Imprimé en France

35-8929-8